朽ちないサクラ

SAKURA

公式シナリオブック

朽ちないサクラ

SAKURA

朽ちないサクラ
SAKURA

朽ちないサクラ

SAKURA

朽ちないサクラ

SAKURA

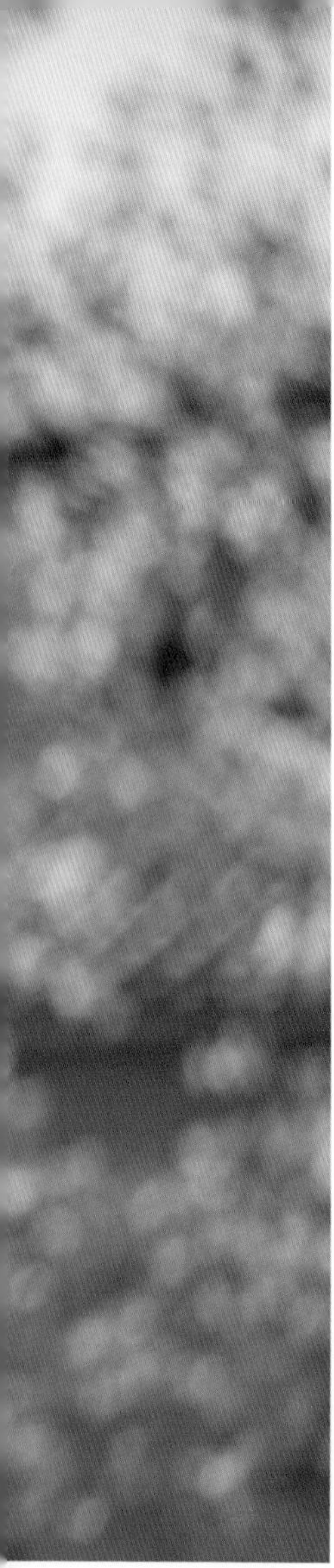

朽ちないサクラ

SAKURA

朽ちないサクラ
SAKURA

公式シナリオブック

Contents

杉咲花

HANA SUGISAKI
Special Interview

——原作小説を読まれた際のご感想を教えて下さい。

三つの事件がテーマになっている物語ではありますが、私の中ではオファーをいただいた段階で読んだこともあって、森口泉という一人の人間の〝失敗〟を描いた物語だと感じました。その失敗に対して「誰かのために」とか「償い」ではなく、「何ができるわけでもないけれど何かがしたい」と一人の人物が何かの形で責任を取ろうとする姿を粛々と描いた物語なのではないかととらえました。

——杉咲さんは映画『52ヘルツのクジラたち』に参加された際、約一年間に及ぶ脚本の改稿作業に参加されました。今、「シナリオ」というものに対してどのような意識をお持ちでしょうか。

演じるうえで「一人の人間として行動に筋が通っているか」には自分の中で重点を置いています。物語を動かすきっかけになる(役割を持った)セリフやアクションであったとしても、きちんと人物の軸がブレずに存在して、血が通っていてほしいという気持ちがあるため、そこに神経を注ぎたい思いがあって。『朽ちないサクラ』でもシナリオの打ち合わせに少し参加させていただきましたが、こうした関わり方は自分にとっては最近のことです。ちょうどいま自分自身は過渡期にありますが、本作はそのはじめの一歩という感覚を持っています。

――ちなみに、シナリオの打ち合わせではどのような意見を出されたのでしょう。

本筋に関わるところというよりは、自分が原作を拝読してすごく好きだった部分でしたり、印象に残っているところ――「ここを大事にして泉の人物造形を深めていきたい」と考えていたポイントを共有させていただきました。小説という表現は、読み物としての言葉の連なりで出来ているものです。それを実際の肉体を通して演じたときに、もう少し口語っぽく崩せる部分はどこだろうと探していく――そういったすり合わせを行っていく時間だったように思います。

――杉咲さんのクランクインはどのシーンでしたか?

泉の初登場シーンです。署内でパソコン画面を見ている泉の周囲が騒がしくなっている場面ですね。

――泉は県警の広報広聴課職員ですが、こうした職業を演じるうえで意識されたことはありますか?

私としては、あまり職業では考えていませんでした。自分の中でポイントにしたかったのは、親友で記者の千佳(森田想)との交流を通して泉の人間性が出てくる、ということです。泉という人は、違和感を覚えたときや何かが小骨のように引っかかった感覚になったときにどうにかかせずにはいられない人だと、私自身はとらえていました。そうした彼女の本質が、千佳に起こった事件などがきっかけであぶり出される数カ月を描いたのが『朽ちないサクラ』の物語という意識です。泉を演じるうえでは、その流れを丁寧に落とし込んでいくことを第一に考えていました。

――杉咲さんは「小骨のような引っかかりが生まれる作品に関わっていたい」と常々おっしゃっていますよね。泉にシンパシーを感じる部分、あるいはご自身との共通項はありましたか?

泉が千佳という存在を失って、何かをしたいと行動を起こし始めたときに立ちはだかるのは「組織」というある意味実体のないもの、大きすぎて本当に存在しているように思えないものです。そんななかで千佳のお母さん(藤田朋子)と交流する時間は、私自身にとってもとても温度の高いものでした。他者と対面で向き合ったときにどうしようもなく心がかき乱される瞬間はあるものですし、それがその人の次の行動に繋がっていくとも感じます。

――杉咲さん自身の感情の動きが、泉と特に連動したシーンでもあったのですね。

藤田さんとの初めての共演シーンは葬儀の場面でしたが、自分の中で特に印象に残っています。スタッフさんから聞いたお話によると、段取り(撮影前の動きの確認)が始まる一、二時間前から部屋の隅っこでスタンバイされて、ずっと泣いていらっしゃったそうです。私が段取りでお会いした際にはもう泣き腫らした状態で、どこでスイッチを入れていらっしゃるのだろうと驚くほど、自分が今まで出会ったことのない作品との関わり方をされる方という印象です。本当に千佳の母として生きてきたとしか思えない佇まいで、「この方と対峙していたら嘘がつけない」レベルなどではなく

「自分が生理的に反応してしまう」感覚になりました。ご一緒できて光栄でした。

——安田顕さん、豊原功補さん、萩原利久さんについてはいかがでしょう。

安田さんとは初共演でしたが、常に平熱で現場にいて下さる方でした。さりげなくそばにいて、現場が円滑に進んでいく手助けをして下さって、とても心地が良かったです。富樫という人物をどう演じられるのかとても楽しみだったのですが、完成した映画を観たときに「富樫には富樫の孤独があったんだ」と手触りを伴って自分の中に飛び込んできて、現場で見ていた富樫とは違う表情を見られて新鮮でした。

豊原さんは、息を吐くだけでも波紋のように緊張が広がっていく感じがありました。私が梶山として見ていたからでもあるかもしれませんが、共演シーンではドキドキしていました。

萩原くんとは『十二人の死にたい子どもたち』（二〇一九年）以来二回目の共演でしたが、当時は役柄もあってあまりお話しできなかったので、初共演に近い感覚がありました。軽やかに現場にいらっしゃって、どんなときもフラットな印象でした。皆さんのおかげで、ずっと穏やかな現場だったと改めて思います。

——杉咲さんは『朽ちないサクラ』映画化の情報解禁時に「〝再生を見守る〟という世の中のあるべき姿のひとつとして、この映画に関わる価値を感じ、緊張を抱きながら演じました。いつの日か失敗してしまったこと

のある誰かにも、他者の失敗を許してあげられない誰かにも、この映画が届いてほしいです」とコメントされています。コメントに込めた想いや、『朽ちないサクラ』に惹かれたポイントを改めて教えて下さい。

失敗してしまったことを肯定も否定もせず、正面から描いているところが自分は好きです。泉という人物のことを好きになれない方もいるかもしれませんが、「好き」や「嫌い」ではないところで、どういうふうにこの人物を見つめるのかということを問われている作品なのではないかと私は考えています。

自分はいまの時代を生きていて、一言の失敗も許されないような緊張を常に感じていますが、一回失敗した人は社会に復帰できなかったり、他者と関わったりしてはいけないのかなって。そのうえでやっぱり私は、その人が反省して学びを続けながらまた歩み出そうとしている姿を見捨ててはいけないと思うんです。そういった想いで、コメントを書きました。

――「やり直しを認めない社会」と評されるいまの空気感と呼応する作品でもありますね。

そうですね。失敗した人のことを叩いていい空気――当事者にしかわからないことがあるはずですが、そうした境界線を簡単に超えてしまう今の世の中の在り方に対して私は疑問を抱いていて。そういったところで『朽ちないサクラ』には共鳴するものがありました。

萩原利久

RIKU HAGIWARA
Special Interview

——萩原さんが演じる磯川俊一は、森口泉をサポートする警察官の青年ですが、どんなところを意識して演じられましたか。

磯川は物語の本筋にいる人物ではないからこそ、当事者とは違う視点をもっていると思うんです。物事に対する反応の強さは、当事者と客観的に見ている人では違うもの。そういう意味では、磯川以外の人物は、情や熱意、義務感が行動理由になりうるのに対して、磯川の反応が弱くはなると思うんです。でも、変に過剰には反応せず、嘘をつかないということを意識しました。視点としては、初めて脚本を読んだときに出てくる、客観的な視点に近いかもしれないですね。

——磯川の内面的な部分で、核となったのはどんなことでしょうか。

脚本を通して、彼のクリーンさ、ピュアさはブレることがなかったので、そこだけは汚したくないという思いを常に念頭に置いていました。ニュートラルというか……白色というより、まだ何にも染まっていない状態でそこにいたかった。もちろん、染まる可能性もあるけれど、できるだけ新品のタオルのように、まっさらでいたいと思いながら演じていました。

――初めて刑事役を演じることについて意識したことはありますか。

いつかはやってみたいと思っていたので、お話をいただいたときは、「ついにきた！　やった！」とすごくうれしかったです。ただ、磯川は第一線で現場に乗り込むような部署の所属ではなく、演じる上では刑事らしい所作もほぼないんです。例えば銃を扱うとなれば、お芝居以外に覚えること、気をつけるべき動作がいろいろありますけれど、そういったことはありませんでした。ただ、刑事の持っている物だったり、署内の配置を知ることができたので、最初の刑事役としてはよかったのかなと思います。本格的な刑事役は、またの機会に（笑）。

――原作が磯川のキャラクター作りや心情を読み取るヒントになった部分はあったのでしょうか。

ありましたね。特に、磯川は原作の中にしっかりとしたベースがあったので、映像化する上でそれをブラッシュアップしました。いい意味で、原作と脚本の両方から、ヒントをいただけた気がします。

特に映画では泉と磯川の関係性には、ほぼ触れられていないんです。いきなりバディ的な関わり方で進んでいくので、ふたりの背景みたいな部分は、原作からヒントをいただくことが多かった気がしますね。バックボーンを持っておくことで、こまかなニュアンスや塩梅を判断できるので、演じるなかで助けになりました。

――クランクイン前に、原廣利監督とはどんなお話をされましたか。

磯川の泉に対する好意をどこまで表現するのか、どれくらいの比重で出すのかは共有しておきたかったので、最初の衣装合わせのときに聞きました。あまり表立って出さなくてもいいんじゃないかというのが監督の意見で、僕も同じ考えだったのでよかったと思いました。好意という感情は、ともするとすべての行動理由になりうるので、泉への好意が出すぎると見え方が変わってしまう。クリーンな磯川が不純に見えたら、すごくもったいないと思うんですよね。

――たしかに、磯川は泉への好意だけではなく、人としての正義や、警察官としての正義で行動していると思います。

そうなんです。いろいろなものを見て感じた上で、手助けしたいと磯川は思っている。本当に真っすぐな人物なので、好きというだけで動くようなことはしないはず。作品中にも好意をうかがわせるような会話はなく、泉とは事件や物事の本質について話すことがほとんどなんです。そこで恋愛感情を表に出すと、純粋に人として手助けしたいという磯川の思いや考えが打ち消されてしまうんじゃないかと。そこが一番怖かったです。だから、好意が少しだけ後押しするくらいの

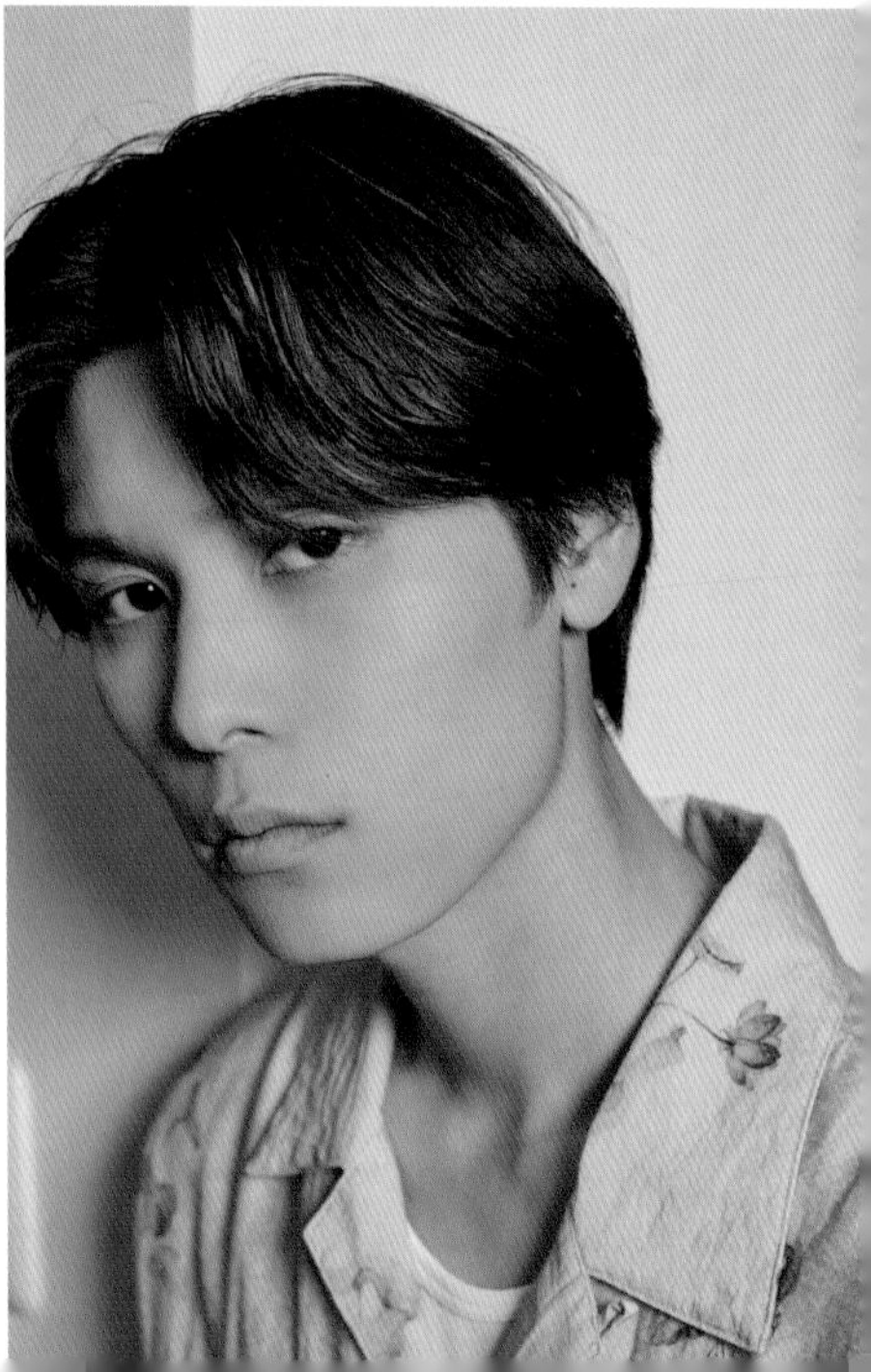

バランスを意識していました。ただ、具体的に描かれていなくても、思いがあるかないかで表現が変わるので、マインドはきちんと持って演じていました。

――そのバランスが絶妙でした。泉を演じる杉咲花さんとは久々の共演ですね。

前回が『十二人の死にたい子どもたち』(二〇一九年)なので、四、五年ぶりかな? 当時からリスペクトする部分がたくさんある、すごい女優さんだと思っていたので、また共演できてとてもうれしかったです。

――萩原さんの思う、杉咲さんのすごさとはどんなところですか。

強さのある方だなと思います。物理的な強さではなく、画の中にいる杉咲さんって、大声を出しているとか、大きなリアクションをしているわけじゃないのに、言葉の使い方なのか、存在感なのか、自然と目がいく。しかも、スクリーンを通して、見ている側にきちんと言葉を刺すんです。大切なセリフはわかりやすく皆さんに届くように見せますが、日常会話や状況を説明するセリフを、うまくかみ砕いて観る人の中に言葉を残していくのはすごく難しいこと。杉咲さんの技術やパワーは、同世代の役者の中でも次元が違うなと思います。年齢はほぼ変わらないんですけれど、現場でも、スクリーンを通しても、ベテランの俳優さんを見てい

るような感覚になるんです（笑）。

——現場ではどんなお話をされましたか。

懐かしい昔の話から始まって、ほとんどは他愛のない話をしていました。ちょうど次の役のために料理の練習をしていた時期だったので、「最近キャベツを切っています」とか（笑）。僕も割とオン・オフがはっきりしているほうだと思うんですが、杉咲さんはもう一段階上なんですよ。オフの状態から、カメラが回った瞬間、役にハマりきるところにすごさを感じました。

——原監督の演出で印象に残っていることはありますか。

シーンの頭から最後までを一気に撮られるので、すごく緊張感はありました。特に長いシーンは、最後に一言でも噛んだら頭からやり直しだと思うと、プレッシャーが大きかったです（笑）。でも、一つのシーンを通してやることで気分も乗るし、ここだというところでバチッとハマると気持ちがいい。個人的には原監督のような手法は好きですし、すごく刺激的でいい経験をさせていただいたなと思っています。

——萩原さんご自身は『朽ちないサクラ』という作品から、どんなことを感じ取りましたか？

正義だと思っていたものが、立場や環境、状況によっては悪に見えるかもしれない。しかも、SNSが発達した今は、さまざまなことをたやすく知ることができる。知れる環境にあるから、関与するという選択肢もそこに生まれる。そういう現代に生きているからこそわかる感情、多角的な視点を感じる作品だなと思いました。

映画の中の事件そのものは、僕らの日常とは関係ないけれど、表現しているテーマは身近な日々にあるもの。だからこそ、観てくださる人それぞれの状況や生活によって感じることがあると思います。どんな感想をいただけるのか、僕自身も楽しみにしています。

公式シナリオ

1

愛知県平井《ひらい》市・実景〜廃倉庫外観（夕）

郊外の静かな街。
商店や住宅が、程よい自然の中に点在している。
その一角に佇《たたず》む、寂れた倉庫——

2

廃倉庫・内

——薄暗い室内。
奥の方から、水の跳ねる音が聞こえる。
音を辿《たど》るとそこには、浴槽に女性を沈める、男の姿が。
水中でもがく、女性の姿。
水泡と、顔にまとわりつく髪の毛の乱れで、顔までは分からない。
暴れる女性の手が男の首を摑《つか》み、爪で引っ搔《か》く。

動じない男。
もがく女性が徐々に力を失っていき……やがて動きが止まる。
男は女性が息絶えたことを確認すると、神妙に、その両手を合わせる。
室内に、念仏のような声が響く。

3

山奥・橋の上（深夜）

上野川を跨ぐ、橋の上。
カバンを持たせた遺体を担ぎ、欄干へと向かう男。
近くには車が一台、停車している。
男が、遺体を欄干の外へと投げる。
落下していく遺体。音を立てて入水すると、あっという間にその姿が見えなくなる。
それを、念仏を唱えながら見送る男。
川沿いには、開いたばかりの蕾《つぼみ》をつけた、桜の木々が並んでいて。

4

○タイトル「朽ちないサクラ」

愛知県警・広報広聴課（朝）

課内のあちこちで、電話がけたたましく鳴っている。
苦情電話の対応に追われる職員たちの声。
その光景を、自席で事務仕事をしながら横目で見つめる、森口泉《もりぐちいずみ》。

泉「…………」
ひたすら謝罪を繰り返す職員たちの姿。
課長の富樫隆幸《とがしたかゆき》がうんざりした様子で、

富樫「いつまで続くんだこれは……。（出て）はい、愛知県警広報広聴課です」
鳴り止《や》まない電話。

泉「…………」
仕事を続けつつも、気が気でない様子の泉。

× × ×

富樫ほか高橋、竹田が疲弊した様子で集まっている。
その端のデスクに、泉が所在なく座っている。
泉、デスクの上の新聞に目をやり、手をのばす。

富樫「やらかしてくれたなぁ、平井中央署《ひらなかしょ》の奴ら」
高橋「本当ですよ。ただでさえ問題になってたのに」
泉「…………」

新聞を黙読する泉。
新聞には、被害者長岡愛梨《ながおかあいり》の写真や、加害者宮部秀人《みやべひでと》の写真など。(以下、新聞を黙読する泉の心の声をナレーションとして)

泉N「三月八日。平井市内に住む女子大生、長岡愛梨が、度重なるストーカー被害の末に殺害された」

5

伊部原神社《いべはら》

神社から連行される、宮部秀人の姿。
画面上部に「女子大生ストーカー殺人　神職を逮捕」のテロップ。

泉N「逮捕されたのは、伊部原神社の長男、宮部秀人容疑者。現役の神職による凶悪犯罪という特異性もあり、事件は当初から大きな注目を集めた。しかし、問題はそれだけに留《とど》まらなかった」

6

週刊誌などの記事

被害届受理引き延ばしの件について、新聞や週刊誌など、各メディアが報じている。

泉N「両親の告発により、警察が被害届の受理を引き延ばしていたことが発覚」

7

記者会見映像

会見を開く、平井中央警察署の幹部ら。

泉N「担当していた平井中央警察署ではその理由について、『課員が他の捜査で多忙を極めていたため』と従来の主張を繰り返した。しかし、事実は違った」

8

愛知県警・広報広聴課

新聞を見つめる泉。
「引き延ばし中に慰安旅行か」の文字。

泉「…………」
富樫「地元一社の独占スクープか。今頃米崎《よねざき》新聞の連中は浮かれてんだろうな」
竹田「やっぱ内部から漏れたんですかね」
高橋「としか考えられないだろ」
泉「…………」
富樫「一つ言えるのは、午後からも苦情は続くってことだ。ちゃちゃっと飯入れるぞ。(泉に)お前さんもどうだ？」

泉　「私はお弁当が」
富樫「そうか」
　　連れ立って出ていく富樫たち。
泉　「…………」
　　スマホを取り出し、ＬＩＮＥを見る泉。
　　「千佳《ちか》」から。「話がある。今夜会えない？」とメッセージが。
泉　「…………」

9　平井中央署・外

　　マスコミが殺到している。

10　同・生活安全課

　　外からマスコミ陣の声が聞こえる中、黙々と仕事をこなす課員たち。重苦しい、その空気。
自席でため息をつく磯川俊一《いそかわしゅんいち》。
高田の声「こんな状態じゃデートもできないよ」
磯川が顔を上げると、隣の席の高田彰子《たかだあきこ》がこちらを見ていて。
高田「って顔かしら」
磯川「……どんな顔ですか」
通りがかった松田敏《まつださとし》も参加してきて。
松田「誰かさんのせいでエラいことになった、って顔だろ」
磯川「…………」
と視線をやった先に、辺見学《へんみまなぶ》がいる。
力なく、仕事を続ける辺見の姿。
磯川「何かの間違いじゃないですかね……。辺見さん、普段は家庭の愚痴言いに来るご婦人にだって真摯《しんし》に対応する人ですよ？　それが慰安旅行なんかのために」
松田「本人に聞きゃいいだろ」

磯川「聞けないですよ」
高田「やめましょ。こんなコソコソ話してたら、密告者だと疑われちゃう」
磯川「(内心、ドキリと)……!」
散り散りになる三人。
磯川、辺見の姿を見つめて。

11 レストラン「さんかい」・駐車場(夜)

泉を乗せたタクシーが到着する。
降り立ち、気持ちを落ち着ける泉。
千佳の声「私じゃないから」

12 同・内(夜)

向かい合って座っている、泉と、津村千佳。

泉「……そう思いたいんだけど」

千佳「本当だって！」

泉「……他に誰かいるかな？　あの情報を記事に出来る人」

千佳「私だってビックリした。でも本当に違う。記事を書いたのはデスクだし、情報源も極秘扱いで分からないの。信じてよ」

泉「（俯《うつむ》く）……でも……」

13

（回想・昨夜）泉の自宅

クッキー等をつまみに飲んでいる泉と千佳。

泉が、スマホを家庭用プロジェクターにつなぎ、学生時代の写真を壁に投影させている。

千佳「（笑って）やば！」

泉「（笑って）うちらブス過ぎじゃない？」

スワイプしていく泉。

と、ＬＩＮＥの受信音とともに、画面の上部に「磯川君」からの受信表示が。

千佳「あ」

すぐさまスワイプして消す泉。

千佳「(ニヤニヤと)例の年下同期の磯川君？」

泉「別にいいでしょ」

千佳「泉さんを見てると元気が出るんですすでお馴染《なじ》みの？」

泉「別にお馴染みじゃないから」

千佳「なんだなんだ、結局いい感じ？」

泉「違います。これ(クッキー)貰《もら》ったお礼でやりとりしてただけ」

千佳「あ、これそうなの？」

泉「慰安旅行のお土産にって」

千佳「旅先でも泉さんを想ってたわけだ」

泉「しつこい」

千佳「(笑うが、ふと気づいて)あれ……ちなみにその慰安旅行っていつ……？」

泉　「ん？　二週間くらい前かな。なんで？」

千佳「（思案して）……その時期って……」

泉　「（ハッとする）あ、待って千佳ごめん」

千佳「これ、大問題かもね……」

泉、ことの重大さに気づき、居住まいを正す。

泉　「今の、本当に忘れてくれない？」

千佳「…………」

泉　「お願い」

千佳「（葛藤し）……………」

泉　「私から漏れたなんてバレたら、いよいよ千佳にも会えなくなるよ。ただでさえ、記者と会ってるなんてマズいのに……。それに私立場弱いんだよ、警察官じゃないからさ……」

千佳「…………」

千佳、迷った挙げ句、微笑《ほほえ》む。

千佳「分かった。約束する」

泉　「（安堵《あんど》し）ありがとう。本当ごめん」
千佳「会えなくなるのは困るしね」
　　飲み直す、二人。

14

レストラン「さんかい」（回想戻り）

泉　「……やっぱり、そうとしか考えられないよ。千佳には、理由もあるし……」
千佳「……理由……？」
泉　「被害届引き延ばしのスクープ、米崎新聞だけ落としたよね……」
千佳「…挽回したかったのは認めるよ。だからって、友達を裏切るようなことすると思う？」
泉　「自分のためだけだったら、しないと思う」
千佳「…………」
泉　「……デスクの兵藤《ひょうどう》さん」

千佳「…………」

泉「あの人の名誉も同時に挽回できるなら、千佳でもやりかねないって思っちゃった。妻子持ちに尽くすのなんてやめなって、私が何回言っても聞かなかったし」

千佳「待ってって。本当に違うから！　信じて⁉」

泉「……信じたいけど……無理だよ」

千佳「……！」

泉「もっとちゃんと止めておけばよかった。都合よく使われてるだけだよって」

千佳「…………」

泉「そうしたら、こんなことにもならなかったのに……」

千佳「……私が約束破ったことある？」

泉「…………」

千佳「……分かった」

コーヒー代を置き、立ち上がる千佳。

千佳「疑いは絶対晴らすから。その時は謝ってよ」
泉　「（答えず）…………」
　出ていく千佳。
　その背を見つめる、泉。

15

泉の自宅

スマホを打つ泉。
「ごめん　言い過ぎ」まで打って、文字を消していく。
ソファに倒れ込み、天井を見つめ、深いため息。

16

平井中央署・前（一週間後）

マスコミをかきわけて入っていく磯川の姿。

17

同・生活安全課

やってくる磯川。
中では、辺見が一人、ボーッと窓の外を眺めていて。
磯川「…あ、おはようございます」
辺見「…………」
磯川「……あの、辺見さん……」
辺見「ああ……おはよう」
辺見、自席に戻る。
何人かの課員が出勤してくる。
磯川は課員と挨拶するが、辺見は呆然《ぼうぜん》としている。
磯川「…………」

18

愛知県警・広報広聴課

テレビから流れるワイドショーを職員が見ている。慰安旅行の後追い報道で、追及が過熱している。

竹田「上層部は何してんすかね」

高橋「本当だよ。署長を更迭すりゃ一気にカタがつくのに」

富樫「不可解なのは、情報の出処《でどころ》が一週間経《た》っても出てこないことだ。それだけに上も処分の方針が出ないんだろ」

泉「…………」

と、突然、外で緊急走行のサイレン音がする。

それも一台ではなく、複数台だ。

外をみると、赤色灯を回して走り出ていく覆面パトカーが数台。騒然とした雰囲気。

竹田「なにがあったんでしょうね？」

富樫「やな気配だな……」

富樫、内線電話をかける。

一同、顔を見合わせ、富樫の電話を静かに見守る。

富樫「おお、梶山《かじやま》か。ずいぶん騒々しいが、何かあったのか？」

暫《しば》し話を聞き、富樫の表情が変わる。

富樫「……そりゃ確かか」

一同「……？」

富樫「分かった……ああ、詳しいことが分かったら教えてくれ。頼む」

と電話を切る。

竹田「どうしました？」

富樫「平井市の上野川の下流で、ホトケがあがった」

緊張感が走る。

泉「！……」

高橋「身元は」

富樫「……米新の津村千佳だそうだ」

泉　「……え……」

高橋「あの、警察担当の？」

富樫「ああ」

泉　「――」

×　×　×

インサート（上野川周辺）

キープアウトのテープが張り巡らされた現場。

目隠しのブルーシートから捜査員たちが出入りしており、鑑識が現場鑑識活動をしている。

周囲には、様子を嗅ぎつけた近隣住民が。

捜査員たちが取り囲んでいるのは、無惨にも水死体となった、千住で。

×　×　×

富樫の声「とりあえず変死ということで捜査一課と鑑識が出動したらしい」

富樫「機捜も現場捜査を始めたとのことだ」

ファックスが届き、投げ込みの指示などが飛ぶが、泉の耳には届かず。

泉「（絶句）…………」

覚束《おぼつか》ない足取りで、部屋を出ていく泉。

19

同・女子トイレ

蛇口から、激しく水が流れ出ている。

ごしごしと顔を洗う泉。

震える手で水を止め、ハンカチを出して顔を拭く。

鏡をみると、青白い顔をした自分がいる。

泉「…………」

洗面台の縁を強く摑《つか》み、倒れそうになる身を必死で支える泉。

泉「…………」

20

寺院斎場・入口（5日後）

故・津村千佳葬儀式場、と書かれた看板。
泉が入っていく。

21

寺院斎場・中

親族、弔問客たちの、悲痛な面持ち。
斎場に入ってくる、泉の姿。
待機していた部下が気づき、

部下「兵藤さん、ここです」

泉「……！」

男は千佳の不倫相手だった男、兵藤洋《ひろし》だ。

泉「…………」

× × ×

僧侶の読経が行われている。
千佳の母・津村雅子《まさこ》が、呆然と座っている。
泉、千佳の遺影を見つめている。

泉「…………」

淡々とお焼香をする兵藤。
泉、複雑な心境で兵藤の横顔を見る。

22

寺院斎場・外

参列者が帰る波。

弔問客の声1「他殺みたいよ」
弔問客の声2「物騒ねぇ……」
弔問客の声3「でも、なんで……」

泉は頭がボーッとしていて足取りが重い。

と、背後から「森口」と声がかかる。
振り返ると、そこには富樫が。

富樫「明るくて、いい子だったなあ」

泉「(少し驚いて)」

富樫「ちょっと付き合わんか。そう長くは引き留めん」

23

日本料理屋「山清」・外観

24

同・内

テーブル上に並ぶ食事。
富樫、食事に手をつけながら。

富樫「どうした、食わないのか」

泉「すみません、あまりお腹《なか》が空《す》いてなくて」

富樫「…まあ、親友の葬儀の晩じゃ食欲もわかないか」
泉「……え……」
富樫「それとも、お前らがよく行く隣町のレストランの方がよかったか？」
泉の心臓がドクンと鳴る。
泉「私と千佳のこと、どうしてご存じなんですか」
富樫「おいおい。公安のタカって言えば、少しは知れた名前だ。極秘調査はお手のもんだ」
とおどける富樫。
富樫「まあ、大昔の話だがな」
泉、身体《からだ》を固くする。
富樫、箸を置き、真顔で泉に視線を据える。
富樫「遺留品の携帯電話は水浸しで使い物にならなかったが、サーバーには履歴がしっかり残っていた。お前さんたちの関係はそこから割り出したんだ」
泉「（困惑して）…………」

富樫「慰安旅行の件がすっぱ抜かれた日とその前日、お前らが会っていたという裏も取れてる。だから正直に」

泉「待ってください！」

富樫、落ち着いた様子で、泉を見ている。

泉「私……容疑者なんですか？」

富樫「…………」

泉「千佳の件は……殺人事件なんですよね……？」

富樫「捜査一課の梶山とは古い仲でな。まずは内々に事情を聞いてきてくれと頼まれた。内部の人間を事情聴取してるとマスコミにバレたら厄介だからな」

泉「待ってください。なんで私が千佳を」

富樫、まあまあ、と宥《なだ》める手つき。

富樫「お前さんが犯人だとは思ってない。だがな、被害者とそれなりの関係がある人物からは、ことごとく話を訊《き》くのが殺人捜査の基本だ。たとえ肉親でも配偶者でも、端《はな》から疑ってかかるのが刑事なんだ」

泉「…………」

富樫「事件解決のためだ。知っていることはすべて、包み隠さず話してくれ。お前さんと津村の関係性、津村の交友関係、それから最後に会った日、二人で何を話したか」

泉「…………」

25

街中

泉と富樫を乗せたタクシーが走る。

26

富樫家・付近

タクシーが、ゆっくりと停《と》まる。

富樫「聞いた話は、すべて梶山に伝えさせてもらう。改めて事情を聞かれるだろうが……いいな？」

泉「……はい……」
富樫「俺には長らく親友なんてもんはいない。気持ちが分かるとは言えんが
……あまり気を落としすぎるな」
泉「…………」
タクシーを降りる富樫。
泉だけを乗せたまま、タクシーが走り出す。
×　　×　　×
少し離れた所。停車中の車内からその様子を見ている一人の男(浅《あさ》羽《ば》弘《こう》毅《き》)。
浅羽「…………」
泉を乗せたタクシーが、その真横を通り過ぎていく。
泉の横顔を捉える、浅羽の視線。

27

泉の自宅

千佳との写真の数々を見つめる泉。

泉　「…………」

笑顔の千佳。ふざけた千佳。

学生時代から、現在まで。

泉　「(つらいが、見つめて)」

現実を受け入れようと、戦っているようで。

28

愛知県警・捜査一課第二会議室(翌・午前)

梶山浩介《こうすけ》が、射るような視線で泉を見つめている。

テーブルの上には、レコーダー。

室内には、付き添いの富樫もいて。

梶山「大方、富樫に聞いたとおりだな。お前さんが津村に情報を漏らしたと」

泉　「(頷《うなず》く)……」

梶山「声に出せ、録音できん」

泉　「…はい……そうです…」

梶山「よかったな富樫、エスが見つかって」

富樫「よせ」

泉　「エス……？」

梶山「なんだ、公安のタカの部下がエスも知らんのか。……スパイのことだよ」

泉　「……え……」

富樫「（バツ悪そうに）」

梶山「公安ってのぁ、治安の維持とか、凶悪犯罪の防止って正義がありゃなんでもする連中でな。何かしでかしそうな団体を見つけたら、内部の人間を何匹か飼い慣らしちまうんだよ」

富樫「……語弊があるな」

梶山「エスは公安に情報を、公安はエスに金銭と安全を提供し合う。その正体は絶対にバレてはならない。バレたらすべてが崩壊する。それがエスだ。お前は新聞社のエスなんだろ？」

泉　「私はそんなんじゃありません」

富樫「関係のない話はそこまでだ」

梶山「(笑って)お前さんの話が本当なら、津村はスクープのネタ元を追っていた可能性があるな。親友の疑いを晴らすために。で、それがきっかけとなり殺されたと」

泉「……!」

富樫「そういう言い方はよせ、梶」

泉「(心がざわつき)……」

富樫「森口。津村は、小先市《こさき》について何か話してなかったか?」

泉「……どうしてですか……?」

富樫「(梶山に視線で促す)」

梶山、仕方ないといった様子で、泉に書類を見せる。

それは「Nシステム解析結果」で。

梶山「Nシステムで追った津村の足取りだ。そのほとんどが平井市周辺を走り回ってるだけだが一箇所だけ(資料の該当箇所を指差し)小先市の上成宮町《かみなるみやちょう》に行っていたことが分かった」

泉　「…………」
富樫「誰も心当たりはないらしい。津村の母親も、デスクの兵藤も」
梶山「あの兵藤ってのは、食えない野郎だな。なまじ報道にいるから、サツ慣れしてやがる」

29

（回想）取調室

梶山から参考人聴取を受ける、兵藤。

梶山「津村千佳と不倫関係にあったというのは」
兵藤「どこからの情報ですか」
梶山「それは言えない」
兵藤「ではこちらも言えません」
梶山「……慰安旅行の記事。ネタ元はどこだ」
兵藤「黙秘させていただきます」
梶山「知られちゃマズイのか」

兵藤「守秘義務がありますので」

梶山「殺人が絡んでんだぞ」

兵藤「だとしても。これは、ジャーナリストの矜持《きょうじ》です」

梶山「…………」

30

愛知県警・捜査一課第二会議室（回想戻り）

梶山「十年前ならぶん殴って自白させたんだがな」

泉「梶山さんは、兵藤を疑ってるんですか……？」

梶山「…………」

富樫「親友が死んだんだ。少しは情報をやってくれ」

梶山「（やれやれ、と）…………」

梶山、レコーダーのスイッチを切る。

梶山「こっからは俺の独り言だと思え。……津村の死が他殺と断定された原因は、肺の中の水と、爪の中に何者かの皮膚片が見つかったことだ」

泉、次の言葉を待つ。

梶山「水の成分を分析したところ、上野川の成分と共に微量だがカルキの塩素が検出された。つまり、水道水の付着した浴槽か何かにわざわざ川の水を溜《た》めて溺れさせ、その後上野川に遺体を捨てたということになる。事故死に見せかけるためにな」

泉「…………(胸が痛い)」

梶山「爪の中の皮膚片は、その時に争った形跡かもしれない」

富樫「…………」

梶山「さらに、発見された津村の車からは指紋がすべて拭き取られ、毛髪や土砂などの遺留物も残さず処理されていた。これらの事実をかけ合わると、自《おの》ずと犯人像が浮かび上がってくるだろ」

泉「(考えて)……」

梶山「さっと分かれよ、こんくらい」

泉「……すみません」

富樫「そこまで出来るのは、鑑識捜査に詳しい人間ってことだ。……たとえば、報道に長くいる記者とかな」

泉「……！」

梶山「また何か分かったら報告しろ、新聞社にチクる前にな」

泉「……！」

泉が言い返す前に、席を立ってしまう梶山。

31

同・屋上

ぐったりとした様子の泉。

苦笑いの富樫。

富樫「思ったことをすぐ口にする奴でな。悪気はないんだ」

泉「…………」

富樫「梶の言ったことは気にするな」

泉「ずっと考えてはいたんです。千佳があんなことになったのは……」

富樫「……今は考えても仕方ない。何か分かったら、俺か梶に報告してくれ」

泉　「……はい」

　喫煙所へと向かう富樫。

　と、泉のスマホに「磯川くん」から着信。

泉　「……（出て）もしもし」

32　走る車の車内（夕方）

　市街を走り抜ける磯川の車。

　運転席に磯川、助手席に泉。

磯川「すみません、急に誘っちゃって」

泉　「ううん。私も会いたかったから」

磯川「！　え……」

泉　「……話しておきたいことがあって」

磯川「あぁ……なんでしょう……？」

泉　「……（言い出しづらく）」

上野川

磯川「ひょっとしてですけど……慰安旅行の件ですか？」
泉「……察しがいいね」
磯川「（深くため息）やっぱりかぁ……。泉さん、本当ごめんなさい。こんな大《おお》事《ごと》になるなんて僕、思ってなくて」
泉「……こっちこそ、ごめん」
磯川「いや、ずっと心配してたんですよ。泉さんが無意識に外部の人に話してたら、廻《まわ》り廻って記者の耳に入る可能性もあるなーって。やっぱ僕が出処だったんですね……」
心からショックな様子の磯川。
泉「出処って決まったわけじゃないの。あと、廻り廻ってじゃない」
磯川「え？」
泉「……私が直接喋《しゃべ》ったの……」

桜の木が立ち並ぶ川辺に佇む泉と磯川。

千佳の遺体が引き揚げられた場所に献花が供えられている。

磯川「……津村千佳さんって、県警記者クラブの……」

泉「親友だった」

磯川「……そんな……」

磯川、かける言葉が見つからない。

持ってきた花を供え、手を合わせる泉、磯川。

しばしの黙禱《もくとう》を終えて。

泉「今日、事情聴取を受けて……お土産のことも全部話した。そのことで迷惑がかかったら……ごめんね」

磯川「やめてください。そんなの全然……」

磯川、誠実に、泉の方に向き合って。

磯川「僕の方こそ、不注意で泉さんを巻き込んでしまって、申し訳ありませんでした」

深々と頭を下げる磯川。

泉　「…………」

磯川「泉さん。あの……なんていうか……自分を責めないでください」

泉　「……うん。でも、無理かな」

磯川「…………」

泉　「私、千佳がどうして死ななければならなかったのか突き止めたい。もし私のせいだったら……せめて犯人を捕まえて、千佳にちゃんと謝りたい」

磯川「……もしかして、自分の手で事件を調べるつもりですか」

泉　「…………」

決意に満ちた泉の目。

その意思を汲《く》み取った磯川がやがて、

磯川「分かりました。僕も協力します」

泉　「……え……」

磯川「仕事終わりとか、休みの日とかにはなりますけど、できる限り手伝います」

泉　「いいの……？」

磯川「泉さんには、早く笑顔になってほしいんで」
泉「……！　ありがとう」
磯川「作戦会議しませんか？　情報も知っておきたいし」
泉「うん」

歩いていく二人。

34

平井中央署・給湯室（日替わり・昼）

洗い物をしている高田に近づく磯川。

磯川「手伝いますよ」
高田「珍しい」
磯川「一人で大変ですよね。前は百瀬《ももせ》さんがいたのに」
高田「……大丈夫。三児の母ですから」
磯川「でも……百瀬さんって何で契約打ち切りになったんですかね？　高田さん、何か知ってます？」

高田「……え……」

磯川の声（先行して）「津村さんはなぜ小先市に向かったのか」

35

（回想・昨夜）レストラン「さんかい」

向かい合って食事をしながら話す、泉と磯川。

磯川「それと、ネタ元が僕らじゃなかったとしたら、一体誰だったのか。大きくはこの二つですよね」

泉「うん……」

磯川「一つ……うちの署内で噂になってることがあるんです」

泉「？」

磯川「慰安旅行の件、リークしたのは百瀬さんなんじゃないかって」

泉「百瀬さん……？」

磯川「うちの課で働いてた元臨時社員の女性なんですけど……一月《ひとつき》くらい前、契約を途中で解除されたんです」

泉「どうして……？」

磯川「それが、よく分からないんです。勤務態度も真面目だったし。一見、何も問題はないように見えました」

泉「（思案し）……でも、クビに……」

磯川「何らかの事情で契約を打ち切られた彼女が、生活安全課への逆恨みで情報をリークした。もちろん、ただの噂レベルなんですけど……」

泉「でも……気になるね」

磯川「僕、事情を知ってそうな人を探ってみます」

36

平井中央署・給湯室（回想戻り）

高田「……何でそんなこと聞くんですか？」

磯川「何でって……それは……」

明らかに何か知っていそうな高田。

磯川、口を割らせようと思案して……。

高田「……もしかして、好きだったとか？」
磯川「え?!　……あー、(切り替えて)はい、実は」
高田「やっぱりね」
磯川「……何か知ってることありませんか？　次の恋に進むことができなくて
……」
高田「……磯川さんを選んでいたら、結果は変わってたかもしれませんね」
磯川「はい？」
高田「…………」
磯川「(気づき)……百瀬さん、誰かと付き合ってたんですか？」

×　×　×

フラッシュ。
課内で言葉を交わす、百瀬美咲《みさき》と辺見。

×　×　×

高田「……辺見さんですよ」
磯川「……！」

37

千佳の家・玄関・外（夕）

ドアの前に立つ泉。

意を決し、チャイムを鳴らす泉。

出てきたのは、千佳の母・雅子。

雅子「いらっしゃい」

泉「（お辞儀）」

38

同・リビング

リビングの隅。

白い布が掛けられた、仏壇代わりのテーブル。

上には、遺影と遺骨、千佳の好きだったお菓子などが供えられている。

両手を合わせている泉。
それを後ろで見守る雅子。なんとか背筋を伸ばしているが、その表情には生気がなく。
向き直り、雅子に頭を下げる泉。

雅子「泉ちゃん。忙しいのに、わざわざありがとね」

泉「いえ」

雅子「懐かしいでしょう。昔はよく来てたもんね」

泉「はい」

ぎこちなく微笑む雅子。

雅子「お茶淹《い》れるから、ゆっくりしてて」

泉「あの、おかまいなく」

立ち上がり、台所へと向かう雅子。
悲しみを背負った、その後ろ姿。

泉「…………」

振り返り、千佳の遺影を見つめる泉。

泉「……！」

笑顔の千佳に、込み上げるものを抑える泉。

と、台所から何かを落としたような音が。

×　×　×

泉が台所へ来ると、雅子が茶碗やお茶っ葉をひっくり返していた。

泉「大丈夫ですか？」

雅子「……大丈夫、ごめんね」

力なく、床を片付けようとする雅子。

泉「私やります」

床を片付ける泉。

それを、呆然と見つめる雅子。

雅子「……ごめんね……」

泉「いえ……」

雅子「もう……どうしたらいいのか……」

泉「………」

憔悴《しょうすい》しきった雅子。
その様子に心を痛めながらも、意を決し、姿勢を改める泉。

泉　「……お尋ねしたいことがあります」

雅子　「……え……」

泉　「……生前、千佳に変わったことはありませんでしたか？」

雅子　「……？」

泉　「刑事でもない私に、何が出来るかは分かりません。でも、千佳のために何かしたいんです」

雅子　「…………」

泉　「辛《つら》いとは思いますが、千佳のこと、思い出して頂けませんか……？」

雅子　「……刑事さんにも聞かれたんだけど、何も分からなくて」

泉　「どんな些細《ささい》なことでもいいんです。いつもと少し違ったとか」

雅子　「分からないの。親なのにね……会社を休んでたことにすら気づかなくて……私、あの子のこと全然見てなかった……ごめんなさい」

泉　「……そんな」

泉、かける言葉が見つからない。

雅子「泉ちゃん……もし何か分かったら、私にも教えてもらえないかな……」

泉「…………」

雅子「もう遅いけど……せめて覚えておきたいの。千佳がいつ、どこで……何を見て……どう過ごしていたのか」

雅子、声にならない声で「お願いします」と囁《ささや》く。

泉「……はい……」

そう答えるしかない、泉で。

39

平井中央署・給湯室

磯川と高田。

高田「交際が始まったのは、一年半ほど前だったそうです。お互い動きづらくならないように、周囲には秘密で」

磯川「全然気づかなかった……」

高田「交際は順調で、結婚の話も出るほどだった。彼女、ようやく誠実な人と巡り会えたって、心底幸せを感じていたそうです。なのに……ある時辺見さんから、一方的に別れ話を突きつけられて……」
磯川「……どうして……？」
高田「それが……冷めたの一点張りだったそうです」
磯川「なんか、辺見さんらしくないですね……」
高田「百瀬さんから相談を受けて……私、しばらく時間を置いたら？　って言いました。辺見さん、ちょうどストーカー事件を抱えてた時期で、精神的に疲れてるように見えたから」
磯川「…………」
高田「でも、彼女は待てなかった。別れたくないと食い下がり続けて……最後には、契約を打ち切られた」
磯川「……！　それって……」
高田「公私を混同した辺見さんが、彼女をクビにするよう課長に頼んだ。少なくとも、彼女はそう思ってます」

磯川「…………」

40

平井中央署・前

帰宅する署員たち。

その中に磯川の姿がある。

前を歩く辺見に気がつく磯川。

磯川「辺見さん、お疲れ様です」

辺見「ああ……お疲れ様」

磯川「……あの辺見さん、僕でよかったら話聞きますよ」

辺見「……なあ磯川」

立ち止まる、辺見。

磯川「はい……」

辺見「……俺のことは放っといてくれ」

磯川「……え？　でも」

辺見「頼むよ……」

去っていく辺見。

磯川「…………」

41

レストラン「さんかい」外観（夜）

磯川の声（先行して）「すみません」

42

同・内

泉と磯川。

磯川「結局辺見さんには、何も聞けませんでした……」

泉「……私も……言い出せなかった」

磯川「？」

泉「……私が疑ったことが、原因かもしれないって……」

磯川「…………」

泉「ズルいよね……」

磯川「そんなことないですよ。ていうか、泉さんが原因なんて事はないですから」

泉「…………」

磯川「…百瀬さんに話を聞きに行きませんか？」

泉「え？」

磯川「百瀬さんは退職後、実家に戻られたそうなんです。緊急連絡先から住所を確認したら……」

泉「……？」

メモを取り出し、テーブルに置く磯川。

「愛知県小先市上成宮町」から始まる住所のメモ。

磯川「小先市、上成宮町だったんですよ」

泉「……それって」

磯川「明日、ここに行ってみませんか」

泉「…………」
泉の胸中、真相に近づくことへの期待と不安で。

43

小先市へと向かう道（翌・午前）

泉と磯川を乗せて走る、磯川の車。

44

百瀬の家・付近の道

車を降りてくる、泉と磯川。
視線の先には、一軒の木造家屋。
磯川「ここですね」
泉「……うん」
歩いていく二人。

45

百瀬の家・玄関・前

チャイムを押す、磯川。

が、応答はない。

磯川「留守ですかね」

もう一度押すが、やはり応答はない。

磯川「時間を置いて出直しますか」

泉「……そうだね」

とその場を離れようとした時、扉が開く。

立っていたのは、美咲の父らしき、中年男性。

磯川「あの、こちらは百瀬美咲さんのご実家でしょうか？」

美咲の父「そうですが……」

磯川「私は磯川と申します。平井中央署に勤めている者で、美咲さんの元同僚です。こちらは私の連れで森口といいます」

泉「（会釈し）」

力なく頭を下げる、美咲の父。

磯川「あの、美咲さんはご在宅でしょうか？」

美咲の父「……？」

磯川・泉「………」

美咲の父「……何も、ご存じないんですか？」

磯川「はい？」

美咲の父「………」

眉間に皺を寄せ、視線を落とす父。

泉「……？」

美咲の父「……美咲は、死にました」

泉「……え……」

磯川「え……なんで？　どういうことですか？」

美咲の父「自殺で……亡くなったんです……」

泉・磯川「………」

項垂《うなだ》れる美咲の父。
かける言葉のない、泉と磯川。

46

平井中央署・取調室

兵藤と向き合う、梶山。

梶山「悪いな急に」
兵藤「何度呼んでいただいても、同じことですよ」
梶山「ジャーナリストの矜持ってやつか」
兵藤「ええ」
梶山「……百瀬美咲」
兵藤「……！」

一瞬の動揺を、梶山は見逃さず。

梶山「ネタ元だな」
兵藤「どなたでしょう？」

梶山「あの女、死んだぞ」
兵藤「は?!　いつ……?」
梶山「知らない女がいつ死んだか気になるのか?」
兵藤「…………」
梶山「津村が死んだ二日後だ。今、自殺と他殺、両方の線で捜査中だが、もし他殺だとしたら、お前の周りで二人の女が死んだことになるな」
兵藤「…………」
　青ざめる兵藤。

47

同・屋上

　泉、梶山、富樫。
梶山「ネタ元は百瀬。記事を書いたのは兵藤だ」
泉「……!」
富樫「喋ったのか」

梶山「二人分の殺しの被疑者にされちゃたまらんと思ったんだろう。自殺として処理されたことは伏せといたからな」

泉「……間違いないんですか」

梶山「裏は取ってる。一応、プロなんでね」

泉「…………」

千住じゃなかった――自責の念が泉を襲う。

富樫、そんな泉の様子に気づきつつ、話を進める。

富樫「津村殺害については」

梶山「シロだ。少なくとも実行犯ではない」

富樫「根拠は」

梶山「津村が殺害された時間、あいつは別の事件のネタ元に取材をしていた。裏も取れてな。ジャーナリストの矜持をぶっ壊したら、アリバイが出てきちまったってわけだ」

富樫「そうか……他に分かったことは」

梶山「津村は、百瀬に会った後兵藤に電話をかけてる。これは通話履歴からも確認できた」

富樫「内容は？」

梶山「やつが言うには……」

48

（イメージ）米崎新聞・廊下

電話している兵藤。

千佳の声「ネタ元は百瀬美咲だったんですね」

兵藤「……お前、休んでまで何してんだ」

千佳の声「彼女から、おみくじの話聞きました？」

兵藤「おみくじ……？」

49

（イメージ）百瀬家付近の道・車中

停車した車中。

おみくじ片手に電話をしている千佳。

千佳「辺見学が引いたおみくじです。初詣のついでに返しておくからと、彼女が預かっていたらしいんですけど……」

兵藤の声「それがどうした？」

千佳、おみくじを見つめて、

千佳「私……真相が見えたかもしれません」

兵藤の声「真相ってなんのことだ」

千佳「また連絡します」

兵藤「おい！」

電話を切る千佳。

おみくじを財布にしまい、車のエンジンをかける。

50 愛知県警・屋上（イメージ戻り）

泉「おみくじ……？　千佳は何を知ったんですか？」

梶山　「遺品の中に、それらしきもんの破片はあった。だが」

×　×　×

フラッシュ。

おみくじの破片データの映像。

梶山の声「何の変哲もないおみくじな上に、ほとんど溶けちまって何も分からん」

×　×　×

富樫　「ストーカー事件の宮部、やつの実家は神社だったな。何か関係があるのか?」

梶山　「おみくじの型は一緒だが、関係性までは分からん」

泉　「私、神社に事情を聞きに」

梶山、泉を睨《にら》みつけ、

梶山　「素人がウロチョロするんじゃねえ」

富樫　「役に立ったんだ。そういう言い方はないだろ」

梶山　「たまたまだ。今後は大人しく、てめえの職場で事務だけしてろ」

泉「……いやです」

梶山「あ？」

泉「ジッとなんて、していられません」

梶山に視線を返す泉。

梶山の射るような目つきにも、一切視線を逸《そ》らさずに。

梶山「お前、刑事の方が向いてるかもな」

泉「…………」

梶山「今後はせめて動く前に報告しろ。いいな」

泉「分かりました。……こちらからもお願いがあります」

梶山「あ？」

泉「千佳に関する資料をいただけませんか。行動の記録とか、通話履歴とか、なんでもいいので」

梶山「捜査に見落としがあるとでも？」

泉「いえ、ご遺族に渡したいんです。千佳が何をしていたのか、お母さんに見せてあげたくて……」

梶山「……渡せるわけがないだろ」
　梶山、去っていく。
泉「…………」
富樫「梶にあそこまで言わせるとは大したもんだ」
泉「…………」
富樫「そんな気分じゃないか」
泉「……すみません、今日のところは失礼します」
富樫「あぁ、考えすぎるなよ」
　一礼し、去っていく泉。

51

泉の家（夜）

　玄関のドアを開け、入ってくる泉。

×　×　×

ソファに寝そべる泉。

ゆっくり瞳を閉じる。

52

泉の夢

上野川。

瞳を開ける泉、対岸には千佳の姿が。

泉「……千佳……？」

千佳「…………」

泉「千佳！」

ゆっくりと振り返る千佳。

千佳「…………」

泉「……千佳………」

千佳「…………」

謝罪の言葉が見つからず、目を伏せる泉。

泉「……私……千佳に……」

顔を上げると、千佳は消えていて——

53

泉の自宅（夜）

——そこで泉の目が覚める。

泉「…………（息が荒い）」

項垂れる泉。

泉「…………」

54

愛知県警・前（翌朝）

泉が出勤してくると、富樫が待ち構えていて。

富樫「（手を上げて）」

泉「あ、おはようございます」

富樫「眠れなかったって顔だな」

泉「…………」
富樫「ちょっと付き合え」
泉「え……」
富樫、歩いていく。
泉「……？」

55

平井中央署・廊下の隅（など、人気《ひとけ》のない場所）

磯川の報告を受け、言葉を失っている辺見。
磯川「自殺だったそうです」
辺見「…………」
動揺を隠しきれない辺見。
辺見「……悪い……今日は休むと伝えてくれ……」
その場から逃げ出そうとする辺見。
磯川「辺見さん！（と腕を摑む）」

辺見「…………」

磯川「どうして彼女との契約を打ち切ったんですか？」

辺見「……！」

磯川「ストーカー事件の対応も、百瀬さんへの態度も、僕の知ってる辺見さんとは思えません。あの時期、一体何があったんですか？」

辺見「……俺には何も分からないんだよ！」

磯川「！」

磯川の腕を振り払い、視線を合わす二人。

辺見「磯川……警察官って何なんだろうな」

去っていく辺見。

磯川「…………」

56

宗教団体「ヘレネス」施設・付近

富樫の車から降りてくる、泉と富樫。

視線の先には、五分咲きの桜に囲まれた、とある施設が。
施設には、特徴的なエンブレムが施されていて。

富樫「あれ。知ってるか」

泉「いえ」

富樫「宗教団体、ヘレネスの施設だ」

泉「ヘレネス……」

富樫「旧テラス・ポースだよ」

泉「！　テラス・ポースって毒ガス事件の」

富樫「お前さんの年でも知ってるか」

泉「子供の頃、ニュースで見てました」

57

野ヶ丘《のがおか》駅前広場

野ヶ丘駅前。苦しそうに喚《わめ》く多数の市民たちを、救助隊が必死で処置している。

富樫の声「野ヶ丘タブン事件。野ヶ丘の駅構内に神経ガス・タブンをばら撒《ま》き、死者十八名、重軽傷者六十名を出した、平成最悪のカルト事件だ」

58

宗教団体「ヘレネス」施設・付近

泉「なくなったのかと思ってました」
富樫「名前を変えて続いてる。カルトの常套《じょうとう》手段だ」
泉「はぁ……、あの、それが……」
富樫「俺が公安にいたって話はしたな」
泉「はい」
富樫「……防げたかもしれなかった」
泉「え……」
富樫「俺のせいなんだよ、あの事件が起きたのは」
泉「……！」
富樫「……ちょうど、今と同じ桜の季節だった。あの時公安のもとには、テラス・ポースが毒ガス事件を計画しているとの情報が入っていてな。証拠こそないが、確度の高い情報だった」

泉「それ、エスってやつですか……」

富樫「（答えず）……事件を未然に防ぐため、俺たちは監視を強化し、慎重に慎重を重ねて動いていた」

59

（回想）宗教団体「テラス・ポース」施設・付近

施設を監視している富樫。

富樫の声「ところがある日……」

施設から、血まみれの信者（浅羽）が一人、駆け出してくる。

富樫「！」

もつれる足で、命からがら逃げていく男。

後ろから、別の信者三人が出てきて、男を追う。

富樫の声「一人の信者が、他の信者からリンチを受けてる現場に遭遇しちまった」

富樫「…………」

追いつかれ、非情な暴力を受ける男。

富樫の声「あとで知ったことだが、そいつは団体を抜けようとしていたらしい」

施設内へと連れ戻されていく男、瀕死《ひんし》の状態で。

富樫の声「俺は、放っておけずに……」

出ていく富樫。

富樫「何やってんだお前ら!?」

信者ら「!」

富樫、抵抗してきそうな雰囲気を察して、

富樫「警察だ。大人しくしろ」

信者ら「……!」

富樫の声「だが、その判断がマズかった」

60

（回想）野ヶ丘駅前

混乱する現場。
苦しそうに喚く多数の市民たちを、救助隊が必死で処置している。

富樫の声「警察の監視を察知した団体が計画の決行を早め……事件は起きた」

61

宗教団体「ヘレネス」施設・付近（回想戻り）

衝撃を受ける泉。

泉「…………」
富樫「今でも自分を責めない日はない。許される日が来るとも思っていない。だからな……お前の気持ちはよく分かる」
泉「……！」

富樫「それでも、前に進むしかないんだよ」

泉「…………」

富樫の言葉について考え込む泉。やがて……

泉「……そうですね」

富樫「昔話する上司になっちまったか。俺も歳《とし》だな」

泉「(首を振り)いいえ。ありがとうございました」

頭を下げる泉。

向こうには、ヘレネスの施設がそびえ立っていて。

62

磯川の車・中(夕)

運転する磯川。助手席に泉。

泉はスマホで、ストーカー殺人にまつわるYou Tube動画を見ながら。

泉「スクープにまつわる人間が、同時期に二人も……これが偶然だなんて私には思えない」

磯川「同感です。明日、もう一度辺見さんに話を聞いてみます。休みだったら、家に押しかけてでも」

泉「私は神社に行ってみる。何か手がかりがあるかもしれないし」

磯川「……僕ら、近づいてるんですかね。真実に」

泉「……そう思うしかないよ」

再び、スマホ画面に視線を落とす泉。

映るのは、伊部原神社から連行される宮部の姿。

63

平井中央署・生活安全課（翌朝）

唖然《あぜん》とする磯川。

辺見のデスクが、片付けられている。

杉林《すぎばやし》「辺見くんだが、昨日退職届を提出した。一身上の都合だ」

課員一同も初めて聞いたようで、驚きを隠せない。

杉林「慰労会などの催しも辞退するそうだ。連絡事項は以上」
　それと同時にざわつく室内。
高田「やっぱり、いづらかったんですかね」
松田「まあこればっかりはねー……」
磯川「……………」
　磯川、急いで部屋を出ていく。

64

同・廊下

　出てくる磯川。
　スマホで辺見に電話をかける。
電話の声「おかけになった電話は、現在使われておりません」
　呆然とする、磯川。

65 伊部原神社前〜階段（夕）

鳥居を見ている泉。
階段を上っていく。

磯川声「泉さん！」

振り返るとそこには、磯川が。

泉「磯川くん」

磯川「やっぱり付き添います」

泉「一人で大丈夫だよ」

磯川「辺見さんが退職しました」

泉「え!?」

磯川「電話も解約されてるし、家も夜逃げ同然に引き払ったって……やっぱり何かおかしいですよ」

泉「辺見さんが……」

境内が見えてくる。

磯川「泉さん、気をつけてくださいね。宮部の身内が、この件に関わっている可能性もありますから」

泉「(前方の鳥居を見上げて)…………」

66

伊部原神社・境内

鳥居をくぐる二人。

人のいない、閑散とした境内。

泉「…………」

境内を見渡す泉。

暫《しばら》く清掃されていないのか、荒んだ印象だ。

×　×　×

磯川が社務所の呼び出しベルを押してみるが、応答はなく。

磯川「いないみたいですね……」

泉　「うん……」

×　×　×

本殿前。
境内の探索をする二人。
磯川、おみくじの箱に気づく。

磯川「泉さん、これ」
泉　「（そちらへ行き）」
中を覗《のぞ》くと、一つだけおみくじが残っていて。
磯川「最後の一個ですね……引いていいですか？」
泉　「うん」
百円を入れ、おみくじを引く磯川。
開いてみると、ごくごく普通のおみじくで。
磯川「普通のおみくじですね……」
泉　「（マジマジ見るが）……うん……」
さらに境内の探索を続ける二人。

67

伊部原神社・階段

階段を下る泉、磯川。

磯川「これといって手がかりみたいなのはなかったですね」

泉「……うん」

磯川「やっぱり辺見さんが何かを……（と、泉が足を止めているのに気がつく）」

泉、階段脇の林にある小さい祠《ほこら》らしきものを見ている。

泉「あれって……」

磯川「祠？　ですかね？」

泉、何かを感じて祠に向かって歩みを進める。

磯川「ちょっと、泉さん?!」

小さな祠の前に辿《たど》り着く泉。

扉が開いている祠の中に何かのロゴのような御札が貼られている。

泉「（違和感）……？」

磯川「どうしました？」

泉、左右の扉を閉めると円状にそこだけ穴が開き、奥にあるその御札と扉で一つのロゴマークになる。

泉「!!」

フラッシュ。

×　×　×

ヘレネスの施設にあった、エンブレム。

×　×　×

――それが、ヘレネスのシンボルと一致して。

泉「……!」

68

平井中央署・取調室（翌日）

座っているのは、宮部秀人。

向かいには、梶山。

梶山、宮部の前に、祠の写真を差し出す。

宮部「……！」

梶山、宮部の動揺を見逃さず。

梶山「……辛かったな。信じるべき物と、信じたい物の、違いに挟まれて」

宮部「……！」

梶山「もう隠す必要はない」

宮部「……！」

写真を握りしめ、項垂れる宮部。

69

同・屋上

梶山、富樫、泉。

梶山「間違いない。やつはヘレネスの隠れ信者だったんだ」

富樫「これで全部繋がったな」

泉「？　全部って……」

富樫「ヘレネスは、宮部のストーカー行為を事件にされたくなかったんだよ」
泉「(考え)……………」
富樫「名前を変えたとはいえ、危険分子扱いされているヘレネスだ。信者が事件を起こしたと分かれば、世間の風当たりはさらに強まり、解散に追い込まれる可能性だってある」

× × ×

インサート(S#10より)。
呆然としている辺見の姿。

× × ×

富樫の声「そこでヘレネスは辺見に接触し、被害届を受理しないよう脅迫した」

× × ×

インサート。
長岡愛梨の目の前に現れる宮部。
逃げようとする愛梨をめった刺しにする。

× × ×

梶山の声「だが、宮部は長岡愛梨を殺しちまった、と」

話を続ける富樫。

富樫「ヘレネスが次に取った行動は、宮部が信者であることを隠し通すことだ。そんな時」

× × ×

インサート。

美咲の家付近で、美咲と話す千佳。

富樫の声「津村は何かしらの理由で宮部が信者だと気づいた。辺見から百瀬に情報が渡っていたのかもしれない」

× × ×

富樫「証拠をつかむため取材に動いたところを察知され、津村は……」

泉「…………」

梶山「本心じゃ、百瀬美咲もだろ」

泉「辺見さんに話を……」

梶山「今他の課員に探させてる」

富樫「とにかく、鍵を握ってるのはヘレネスだ」

梶山「……俺は、ここら一帯に住んでる信者のリストを手に入れてくる」
富樫「どうやって」
梶山「サクラに頼む」
泉「……桜……？」
梶山「公安のことだ。俺たち世代の刑事はそう呼ぶ」
泉「あ、そうなんですね……」
富樫「やつらが協力すると思うか」
梶山「死んでもしないだろうな」
富樫「どうする気だ」
梶山「臼澤《うすざわ》には貸しがある。死んでもしないなら、生かすまでだ」

去っていく梶山。

富樫「……上手《うま》くいくといいがな」
泉「そんなに難しいんですか？」
富樫「リストは極秘事項だからな。公安内部ですら、見られる人間は限られてる」

泉　「でも、同じ警察じゃないですか。捜査協力くらい」
富樫「ありえない。刑事と公安は同じ屋根の下に住む赤の他人、やり方も信条もまるで別モンだ」
泉　「……腑《ふ》に落ちない話ですね」
富樫「(苦笑し)まぁな。しかし……」
泉　「?」
富樫「久々に事件らしい事件に関わってみりゃ、またヘレネス絡みとは……。なんの因果だか……」
泉　「…………」

70

宗教団体「ヘレネス」施設・内

念仏を唱える信者たち。
前方には、教祖の神近甲永《かみちかこうえい》が鎮座している。
信者の中に一人、一際熱心に祈りを捧《ささ》げている男が。

71

愛知県警・警備部公安課・一室

座っている課長の臼澤。

向かいに、梶山。

臼澤「……それだけは無理です……」

梶山「捜査員には、ただの前科者リストだって説明すっから」

臼澤「リストは、内部の人間ですら全体を把握している者はごく一部なんです」

梶山「殺人事件が絡んでんだ。このままじゃ仏さんも浮かばれん、頼むよ」

臼澤「……死んでしまった命と、今生きている命。守るべきなのはどちらですか」

梶山「何？」

臼澤「梶さん……あなたたち刑事部の捜査員は、すでに起きた事件の解決を職務としています。しかし我々公安は、これから起きるかもしれない事件を未然に防ぐことを職務としているんです。どちらが重要か、もう一度」

梶山「そんな御託を聞きに来たんじゃねえ！」
臼澤「……！」
梶山「俺がこんだけ頼んでもダメかい」
臼澤「借りは必ずお返しします。ただ……警察を、いや、人生をやめることになっても、こればかりは無理です。自分は、公安の人間ですから……」

深く頭を下げる臼澤。
ほぞを噛《か》む梶山。

72

同・3階踊り場

壁を殴りつける梶山。

梶山「くそっ！」
富樫の声「壁に恨みはないだろ」

富樫が階段を上ってきていた。

富樫「ダメだったみたいだな」

梶山　「あの野郎……所詮公安は公安だ」
富樫　「……二、三日待ってろ」
梶山　「……あ？」
　梶山の肩をポンと叩き、階段を上っていく富樫。
　見送る梶山。その背は覚悟に満ちていて。

73

公安部長室・前の廊下

　意を決し、廊下を歩いている富樫。

74

愛知県警・屋上（日替わり）

　泉に茶封筒を渡す、梶山。
梶山　「ほら」
泉　「？」

梶山「津村に関する資料だ。欲しがってたろ」
泉「！　いいんですか」
梶山「いいわけねえだろ。絶対漏らすなって、津村の親御さんにもそう伝えとけ」
泉「……はい、ありがとうございます」
梶山「……すまねえな」
泉「え…」
梶山「事務職のお嬢ちゃんがここまでやってくれたってのに、本職の俺が足踏みしちまって」
泉「いえ、そんな」
　そこに、富樫がやってくる。
富樫「(泉に)なんだ、お前さんもいたのか」
泉「(会釈し)」
　富樫、内ポケットから縦長の茶封筒を取り出し、梶山に渡す。
梶山「！」

富樫「しまえ」
　梶山、さっとしまう。
富樫「俺も中は見ていない。あとは頼んだ」
梶山「お前」
富樫「何も聞くな」
泉「（リストだと察して）ありがとうございます」
富樫「……自分のためだ」
　富樫、眼下に広がる桜の木々を見つめ、
富樫「あれ以来……この時期になる度に、全身むず痒《がゆ》いような、なんとも言えん感覚に襲われる。お前が友達の無念を晴らしたいように、俺も自分の過去を清算したい」
泉「…………」
富樫「全部終わらして、また酒でも飲もう」
泉「……はい……！」

75

（点描）捜査本部

（点描、始まり）

部下に指示を与える梶山。

梶山「このリストに載っている者の中から、車を所有している人物を割り出せ。
車両情報もだ」

動き出す捜査員たち。

76

（点描）泉の自宅

千佳の資料を読む泉。

梶山の声「該当車両は三十二台」

77

（点描）平井中央署・生活安全課

かつて辺見のいた席を眺める磯川。

梶山の声「現場周辺のNシステムを使って調べあげろ！」

78

（点描）捜査本部

ホワイトボードに、車両情報が張られていく。

梶山の声「防犯カメラやドライブレコーダーの映像を集めて、その車両と所有者の、事件前後の動きを探れ！」

79

（点描）桜並木

険しい表情で、桜を見上げる富樫。

梶山の声「検問を張っても構わん。とにかくかき集めろ」

80

（点描）どこかの堤防

誰かを発見する捜査員二名。

そこにいたのは、辺見。

梶山の声「その中に犯人に繋がる情報が必ず落ちてる。絶対見落とすな」

捜査員の問いかけに応じず、呆《ほう》けたように一点を見つめる、辺見の姿。

81

（点描）捜査本部

映像を確認し、地図にチェック済みの×印をつけていく梶山ら捜査員たち。

82

（点描）千住の家・前

チャイムを押そうとする泉。

泉「…………」

が、押せずに、その場を去っていく。

（点描終わり）

83

捜査本部（明け方）

無言で映像を確認し続ける刑事たち。

ホワイトボードに張られた地図には、チェック済みの印が多く書き込まれている。

やがて、捜査員の一人、岡田が。

岡田「……ん……」

巻き戻し、情報と映像を見比べて、

岡田「………梶山さん！」

梶山「!?」

駆け寄る梶山。

岡田「これ、トラックのドライブレコーダーの映像なんですけど……」

梶山「（覗き込み）……！」

84

愛知県警・人気のない会議室（朝）

梶山、富樫、泉。

梶山「リストの中から一人、津村の車が発見された場所周辺を通過した人物いる」

泉・富樫「！」

富樫「なんて奴だ？」

梶山、一枚の資料を見せる。

梶山「浅羽弘毅」

富樫「！」

資料を見て、愕然《がくぜん》とする富樫。

梶山「……どこかで聞いた名だと思ったが、やっぱりそうか」

泉「……？」

梶山「公安時代に、富樫が命を助けた男だ」

泉「え……」

資料に載っている男の写真を見つめる富樫。

×　×　×

フラッシュ。

その顔が、リンチを受けていた男と一致する。

×　×　×

ショックを隠せない富樫の様子。

梶山「気の毒だが、こいつが事件に関わっている可能性は極めて高い」

富樫「……こいつは………」

梶山「……抜けたつもりが戻ってくる。よくある話だ。染み付いた思想は、そう簡単に拭えやしない」

泉「…………」

梶山「証拠が出次第、こいつを引っ張る」

富樫の手から資料を抜き、去っていく梶山。

呆然とする富樫。

泉「……課長……」

富樫「……俺は……何のために……」

やりきれない……といった富樫の姿。

泉「……それでも……」

富樫「？」

泉「前に進むしかないです」

富樫「！　………そうだな」

決意を新たにする、泉と富樫。

85

宗教団体「ヘレネス」施設・内

念仏を唱える信者たち。
その中で、一層熱心に祈りを捧げる、浅羽の姿。
教祖の神近が浅羽の前に立つ。

神近「懺悔《ざんげ》せよ」
浅羽「……私は……穢れ多き人間です……」
神近「…………」
神々しく、両手を広げる神近。
すがるような目でそれを見上げる、浅羽。

86

喫茶店（昼）

タバコを吸いながら、事件についての記事をチェックする浅羽。

それを見張っている、岡田と岸谷《きしたに》。

×　×　×

浅羽が帰った後で、吸い殻を手にする岡田。

87

愛知県警・捜査一課・刑事部長室（日替わり・夕）

刑事部長の坂上《さかがみ》に、資料を提出する梶山。

梶山「津村の爪の中から検出された皮膚片と、浅羽の唾液のＤＮＡが一致しました」

坂上「……！」

梶山「証拠にはできないやつですがね」

坂上「お前……」

梶山「…………」

坂上「……ヘレネスが絡んでるとなると大事だぞ」

梶山「分かってます」

坂上、しばし考え、

坂上「浅羽を引っ張れ。引っ張ったら絶対に帰すな」

梶山「……はい」

88

平井中央署・外（日替わり・朝）

車に乗り込み、出ていく捜査一課の面々。

89

レストラン「さんかい」・内

泉と磯川。泉は先日もらった、千佳に関する資料を熟読している。

磯川「……今日、ですよね」

泉「うん」

資料を持つ泉の手に、力がこもる。

磯川、泉の緊張を感じ取り。

磯川「大丈夫ですよ。犯人は、絶対つかまります」
泉「……うん」
磯川「では、お先に」
泉「うん、また」
上着を着て、出ていく磯川。
それを目で見送り、再び資料に目を落とす泉。
千佳が生きた形跡の数々に、胸を痛めながらもページをめくっていく。
と、資料をめくる泉の手が、あるページ(おみくじの破片データが添付されたページ)で止まる。
泉「……！」

90

宗教団体「ヘレネス」施設・玄関

満開の桜が咲いているヘレネスの施設。

梶山ら捜査員たちが、ドアの前に並んでいる。
施設の周りにも、捜査員が配備されている。
梶山、ドアのチャイムを鳴らす。

梶山　「…………」

しばし間があって、中から信者二人が出てくる。

信者1・2　「…………」

梶山　「浅羽弘毅に逮捕状が出てる。身柄を引き渡せ」

信者1　「(逮捕状を見て)そのような者はおりません」

梶山　「あ？　裏は取れてるんださっさと出せ」

信者2　「お引き取りください！」

ドアを閉めようとする信者1。
ガッと閉まるドアを止める梶山。

梶山　「お前らじゃ話にならん！」

中に入ろうとする梶山。
信者二人、それを食い止める。

信者2「信者以外は入れませんよ！」

騒ぎを聞きつけた他の信者たちも出てくる。

岸谷「公務執行妨害になりますよ」

信者1「ふざけるな！　浅羽なんて者はいない！」

衝突状態になる、刑事たちと信者たち。

強引に中へと突き進もうとする梶山。

と奥の駐車場から刑事の声。

刑事1の声「いたぞ！　浅羽だ！」

梶山「！」

浅羽は運転席に乗り込んでいて、アクセルを全力で踏み込み発進する。

止めようとする刑事1刑事2、ボンネットに乗り上げ吹っ飛ばされる。

梶山の横を通り過ぎていく浅羽の車。

梶山「追え！　絶対に逃すんじゃねえ！」

刑事たち、車に乗り込み浅羽の車を追いかける。

91

レストラン「さんかい」・外

飛び出してくる泉。そのまま走っていく。

92

ヘレネス施設／周辺の道路

逃げる浅羽の車。
覆面パトカー数台がサイレンを鳴らし追う。

93

道

必死に走る泉。

94

道路

浅羽の車の後方に覆面パトカーが見えてくる。
さらにアクセルを踏み込む浅羽。

95

伊部原神社

泉がたどり着いた先は、伊部原神社。
鳥居をくぐりそのまま走り中に入っていく。
おみくじを引こうとするが中は空。
おみくじ掛けを見て、一旦躊躇《ちゅうちょ》する。
が、意を決し、結び付けられたおみくじを解《ほど》き始める。
次々と、解いては開くを繰り返していく泉。

96
浅羽の車・内

逃走する浅羽。追う覆面パトカー。
カーブが近づき、ブレーキを踏む浅羽。
が、何かがおかしい。

浅羽「!?」

何度踏んでも、ブレーキが利かない。
浅羽、すべてを悟ったように……ブレーキを踏むのを止め、ハンドルを離す。

浅羽「…………」

車が、壁に激突し横転——

97
伊部原神社

一枚のおみくじを解く泉。

泉　「……！」

それを、ジッと見つめて。

98

事故現場

梶山が駆けつける。

そこには、潰れた車が横転していて。

梶山　「…………」

運転席には、ひと目で即死と分かる浅羽の姿。

やる瀬ない梶山。

99

伊部原神社

おみくじを手に、出ていく泉。

呆然とした泉の表情に、桜の花びらが舞い散って。
フェードアウト。

100

黒画面

泉N「四月十三日。女性記者殺害事件は、被疑者死亡のまま送検された」
電話の音が鳴り響く。

101

愛知県警・広報広聴課（日替わり）

電話対応に追われる課員ら。
電話の声1「犯人が死んじゃったら意味ないじゃない！」
竹田「ご意見はごもっともです」
電話の声2「何か不手際があったんだろ!?」
高橋「不安な思いをさせ、大変申し訳ございません」

泉N「愛知県警は、追跡が事故の原因ではないとして発表」
自席で対応していた富樫が、泉の席に目をやる。
泉は、出勤しておらず。

富樫「…………」

102

ニュース画面

浅羽逮捕の続報が報じられている。
施設から、大量のダンボールが押収される映像。

泉N「また家宅捜査の結果、ヘレネスの施設内からは神経ガスの原料となる大量の薬品が押収された」

103

泉の自宅

新聞を読んでいる泉。

泉N「警察は、何らかのテロ計画があった可能性も視野に、捜査を続けている」

泉「…………」

立ち上がる泉。

104

愛知県警・廊下

歩いてくる、臼澤。

それを待ち伏せていた、梶山。

梶山「…………」

臼澤「…………」

105

どこかの堤防（午後）

釣り糸を垂らし、ジッと一点を見つめている辺見。

磯川の声「釣れてます？」

振り返ると、磯川が。

辺見　「…………」

隣に座る磯川。

無言の時間が続き、やがて、磯川が口を開く。

磯川　「……辺見さん。前に、警察官ってなんだろうなって仰ってましたよね」

辺見　「…………」

磯川　「あれ、自分なりにずっと考えてたんですけど……警察官って、自分の正義を貫くことなんじゃないですかね」

辺見　「…………」

磯川　「百瀬さんを遠ざけたのは、彼女を守るためだったんですよね？」

辺見　「……！」

磯川　「近くにいたら、彼女に危険が及ぶと考えて……」

辺見　「…………」

磯川　「それに……被害届を受理できなかった代わりに、宮部を説得しに神社に行った」

辺見「…………」

磯川「辺見さんは立派な警察官だと思います。だからこそ、苦しんだんですよね」

辺見「……磯川……」

辺見の目に、正気が宿っている。

辺見「……もう、何も言うな」

磯川「…………」

辺見「…………」

磯川「……僕は、命を賭けてでも、自分の正義を貫きたい」

辺見「……！」

磯川「だからここに来ました」

覚悟を決めた、磯川の目。

その目を、じっと見つめる、辺見。

106

道（夕）

電話しながら歩く、泉。

泉「……分かった。ありがとう」
磯川の声「泉さん、大丈夫ですか？」
泉「……うん。また連絡する」
磯川の声「はい。待ってます」

電話を切り、歩いていく泉。

107

日本料理屋「山清」・内（夕）

泉が席についている。
襖《ふすま》が開く。
入ってきたのは、富樫だ。

富樫「お疲れさん」

泉「お疲れ様です。すみません、大変な時に、お休みいただいてしまって」

富樫「いやいい。ゆっくりするのも大事だ」

泉「ありがとうございます」

×　　×　　×

テーブルの上には、おしぼりと、一合徳利が二本。

酌をし合う二人。

乾杯の仕草をし、盃に口をつける二人。

富樫「もう少し、旨《うま》い酒になる予定だったんだがな」

泉「……はい」

富樫「しかしまぁ……納得するしかない。弔いの盃とはいえ、祝杯は祝杯だ。飲もう」

盃をあおる富樫。

泉「……課長は」

富樫「ん?」

泉　「これで事件が、すべて解決したとお思いですか？」
富樫「……思うしかないだろ」
泉　「私には、思えません」
富樫「……気持ちは分かるが」
泉　「感情の話じゃないんです。客観的に見て、どうしても納得できないんです」
富樫「どういうことだ」
泉　「……きっかけは、これでした」
泉、一枚のおみくじを取り出し、テーブルに置く。
富樫「？」
泉　「千佳が百瀬さんから受け取ったおみくじと同じ物です」
富樫「これが」
泉　「兵藤の話では、千佳は、このおみくじをヒントに真相に近づいたってことでしたよね。でも、これをどうヘレネスと結びつけたのか、それがどうしても分からなくて」

富樫「（考え込み）……それで」

泉「実物は溶けちゃって一部しか読めなかったんですけど……この、和歌の部分」

富樫「？」

「世の中に　たえて桜のなかりせば　春の心はのどけからまし」の文字。

泉『世の中に　たえて桜のなかりせば　春の心はのどけからまし』。この世に桜というものがなければ、春はもっと、心穏やかでいられたのに……そういう歌です」

富樫「？」

泉「警察では公安のことを、サクラと呼ぶんですよね」

富樫「古い人間はな」

泉「私思ったんです。この歌は、辺見さんの心情そのものだったんじゃないかって。千佳もそれに気づいて、辺見さんに圧力をかけていたのがサクラ、つまり、公安の可能性があると考えた……」

富樫「自分が何を言ってるか分かってるか」

泉「すべては……公安の仕組んだことだった。私はそう考えています」

富樫「おみくじ一枚から、飛躍しすぎだ」

泉「私もそう思いました。だから……磯川君に頼んで、事情を知ってる人に話を聞いてもらいました」

富樫「……辺見か？」

泉「……このおみくじを百瀬さんに渡す時、つい零《こぼ》したそうです。『神様ってのは、よく見てるな』って」

富樫「それがこの歌のことかは分からんだろ」

泉「……はっきり認めてくれたそうです。宮部のストーカー事件について、被害届を受理しないよう圧力をかけていたのは、公安の人間だと」

富樫「…………」

泉「そしておそらく……宮部は、公安のエスだと」

富樫「……！」

泉「公安は、エスの存在を決して知られてはならないんですよね？　どんなことをしてでも」

富樫「……まぁな」

泉「辺見さんに圧力をかけたのも、千佳や百瀬さんを殺したのも……すべては、宮部がエスであることを秘匿したい公安の仕業だった。そう考えると辻褄《つじつま》が合いませんか」

富樫「残念だが……辺見は心神喪失状態だと聞いた。証言は当てにならん。第一、津村を殺害したのは浅羽だ。古巣を庇《かば》うわけじゃないが……憶測が過ぎるな」

泉「……本当に……古巣なんですか？」

富樫「……どういう意味だ」

泉「抜けたつもりが戻ってくる。染み付いた思想は、そう簡単に拭えない」

富樫「……！」

泉「課長は今も、公安と繋がっているんじゃないですか？」

富樫「………………」

泉「浅羽を使って千佳を殺させたのは……あなたなんじゃないですか」

富樫「……妄想も、そこまでいくと見事だな」
泉「……妄想であってほしいと、私も思ってます。でも……」

108

（イメージ）人気のない屋外

話し込む、千佳と辺見。

千佳「私の考えが合っているかだけでも教えてください」
辺見「…………」
千佳「……もう結構です。直接公安の人に聞きますから」

辺見、千佳の腕を摑む。

辺見「それは……」

千佳、辺見の腕が震えているのを見て、

千佳「……危険だと？」
辺見「…………」
千佳「……分かりました、元公安の人間を知っているので、一度その人に相談

　　　します」

辺見「その人って」

千佳「大丈夫です。私の親友が信頼している上司なので」

109　日本料理屋「山清」・内

泉「死の直前……千佳は……そう言っていたそうです」

富樫「…………」

泉「千佳は最後に……あなたに会いに行ったんじゃないですか……？」

富樫「…それが俺だという確証もないが、一応続きは聞いてやる」

　　　泉、こみ上げる感情を必死で抑え、言葉を絞り出す。

泉「千佳はあなたにすべてを話してしまった……公安と繋がっている、あなたに……」

110

（イメージ）人気のない場所

話し込む、富樫と千佳。

千佳「…………」

富樫「分かった、俺のほうでも調べてみる」

千佳「本当ですか」

富樫「昔のツテを辿ってな」

千佳「ありがとうございます！　では、宜しくお願いします」

富樫「あぁ」

千佳が車に乗ろうとすると、後ろに停まる車からゆっくりと浅羽が降りてくる。

千佳「(気づいて)？」

ただならぬ雰囲気の浅羽。

泉の声「浅羽をどう殺人に加担させたのかは、私には分かりません。浅羽を監視していたはずの公安なら、脅迫する材料もあったかもしれません。
あるいは……」
千佳が、助けを求めるように富樫を見る。
しかし富樫は、冷たい視線を千佳に返す。
千佳「……！」
富樫、浅羽に小さく頷きかける。
泉の声「浅羽は、あなたのエスだったのかもしれません」

111

（イメージ）廃倉庫・内

千佳を浴槽に沈める浅羽。
泉の声「あなたの指示を受けた浅羽は、千佳を……」
それを背後で、富樫が見ている。
やがて、動かなくなる千佳。

112

（イメージ）上野川

千佳を川に落とす浅羽。
それを車内から見ている、富樫。

113

（回想）捜査に参加する富樫の動き

ヘレネスの施設を前に話す、富樫と泉（S＃56）。

泉の声「それからは……」

×　×　×

（S＃69）

富樫「全部繋がったな」

富樫「とにかく、鍵を握ってるのはヘレネスだ」

×　×　×

梶山に茶封筒を渡す富樫（S＃74）。

泉の声「捜査がヘレネスに、そして浅羽にたどり着くよう、私や梶山さんを誘導して……」

114

（イメージ）浅羽の車

浅羽の車を見下ろしている富樫。

泉の声「最終的に事件は……」

115

（イメージ）桜並木

電話を受ける富樫。

梶山の声「……浅羽が死亡した……」

富樫「……そうか……また連絡してくれ」

電話を切る富樫。

泉の声　「被疑者死亡、すべてはヘレネスによる犯行で幕を閉じた」
　満開の桜を見上げつつ、静かに達成感を感じて。

116

日本料理屋「山清」・内

　泉の話を、じっと聞いている富樫。
泉　「全部、予定通りだったんじゃないですか……？」
富樫「……面白い話だが、すべてはお前の憶測と、心神喪失状態の男の証言でしかない。聞かなかったことにしてやる、そこまでにしておけ」
泉　「……次の人事で、県警公安部の参事官になる話があるそうですね」
富樫「…………」
泉　「梶山さんが、公安課の臼澤課長から聞き出してくれました。その人事が、今回の報酬ですか」
富樫「……人事のことなど俺は知らん。だが百歩譲って、お前の言うことが正しかったとしても……何ができる」

泉　「…………」

富樫「物的証拠は何一つない。終わった事件を、警察や検察が蒸し返すと思うか」

泉　「私はあなたを……公安を許しません」

富樫「一介の警察職員が許そうが許すまいが公安は変わらない。一人の命を犠牲にすることで、百人の命を守れるのなら、そちらを選ぶまでだ」

泉　「そんな歪んだ正義で……千佳を殺したんですか……？」

富樫「…………」

泉　「……絶対に間違ってる」

富樫「…………」

×　×　×

インサート。

野ヶ丘駅前。苦しそうに喚く多数の市民たちを、救助隊が必死で処置している。

それを、呆然と見ている、在りし日の富樫。

富樫「…………」

手が回らず、放置されたまま苦しむ老人。

息絶えた子供。泣き叫ぶ母親。

阿鼻叫喚の現場を、ただ虚《むな》しく見つめる富樫。

×　×　×

富樫「……百人を犠牲にしてから言うんだな」

泉「……！」

富樫「綺麗事じゃあ、国は守れん」

富樫を睨む泉。

富樫「もう少し旨い酒になるはずだったんだがな」

席を立つ富樫。

泉「……私のことも殺すんですか」

富樫「…………」

何も答えず、出ていく富樫。

泉「…………」

残された泉。やり場のない思いを噛み締めて。

117

どこかの堤防（夕）

一人、釣り糸を垂らしている辺見。
バケツの中には、魚が一匹泳いでいる。
近くの道から、車の停まる音が聞こえる。
ゆっくりと、そちらに目をやる辺見。

辺見「…………」

視線を戻すと、おもむろに竿を置く。
バケツを手に取り、魚を水ごと海へ返す辺見。

辺見「（見届けて）……」

堤防の壁に、大きな波がぶつかる――

×　×　×

――そこに、辺見の姿はなく。

118

千佳の家・内（日替わり）

仏壇に手を合わせる泉。
後ろでそれを見守る雅子。
長いお参りが終わり、膝を後ろに向ける泉。

雅子「こんな結末になるなんてね……」
そう言うと、目を伏せてしまう雅子。
雅子の、やり場のない無念。

泉「……お母さん」
泉、鞄《かばん》から茶封筒を取り出し、雅子に差し出す。

泉「これ……以前お話ししていた、千佳の行動記録です」
雅子、ゆっくりと嚙み締めるように、理解する。

雅子「……！」
雅子、封筒を受け取ると、しみじみと眺める。

雅子「……千佳の……」

泉「はい。どこで何をしていたのか細かく記されてます。お母さんの胸だけに、しまっておいてください」

持っていた封筒を、愛《いと》おしげに腕の中に抱える雅子。

泉「…………」

雅子、封筒を抱えながら。

雅子「泉ちゃん……あの子、どんな子だった……？」

泉「……？」

雅子、封筒の存在を確かめるように抱き寄せて。

雅子「聞きたいの。千佳がどんな子だったか……」

泉、雅子の想いを察して。

泉「千佳は……嘘をつかない子でした」

雅子「…………」

泉「……約束を破らない子でした」

雅子「そう……ずっと覚えててあげてね」

泉　「……はい。絶対に忘れません」
雅子「……ありがとう」
　泉、意を決して、雅子を見据える。
泉　「あの、お母さんに話があります」
雅子「……?」
泉　「……私のせいなんです……」
雅子「……え……?」
泉　「……私が、慰安旅行の件を千佳に話してしまって……記事にしないって約束してくれたのに、私、信じてあげられなくて……千佳を疑って……」
　泉の目から、涙がこぼれ落ちる。
雅子「…………」
泉　「千佳は、疑いを晴らすために動いて……私のせいなんです……」
雅子「…………」
泉　「……ごめんなさい…………!」
　深々と頭を下げる泉。

雅子「……あの子は、最後まで記者だった。それだけ……」
泉「……ごめんなさい……ごめんなさい……！」
泉、溢《あふ》れる涙を止められず。

119

平井中央署・休憩スペース

窓の外を眺めながら、泉からの電話に出る磯川。
磯川「もしもし」

120

上野川（※以下、磯川と適宜カットバック）

川辺を見つめながら、電話をする泉。
泉「…さっき、千佳の家に行ってきた」
磯川「……言いたいこと、言えました？」
泉「……少しは……」

磯川「…………」

泉「私、仕事辞めることにした」

磯川「え……」

泉「警察官になる」

磯川「！」

泉「警察官になって、私の答えを見つけたい」

磯川「…………」

驚く磯川だが、泉の決意を汲み取り、

磯川「僕が言うのもなんですけど……試験、結構難しいですよ？」

泉「……協力してくれる？」

磯川「……分かりました。その代わり」

泉「？」

磯川「試験に受かったら、思いっきり笑ってくださいね」

泉「（頷き）……うん。ありがとう」

磯川「じゃあ、また」

泉　「うん。また（と切る）」

泉、川の対岸を見つめる。

泉　「…………」

やがて、歩き出す泉。

花の散った桜の木々には、新たな若葉が芽吹き始めていて――。

終わり

監督インタビュー

原廣利

「桜」に込めた思い、そして、奇跡的な瞬間が訪れる

――まずは、『朽ちないサクラ』の監督を受けられた経緯から教えてください。

原作権を取得する段階で、遠藤（里紗）プロデューサーから、「監督は原さんというお話で進めてもいいですか？」とお声をかけていただいたんです。それで、一度原作を読ませていただいたうえで、「ぜひ、お願いします」とお返事しました。

実はもともと遠藤プロデューサーと「どんな作品をやりたいか」という話をしていたときに、「骨太なサスペンスミステリーを撮ってみたい」という話をしていて。僕自身そういった作品が好きで、韓国のポン・ジュノ監督などの作品もよく観ていたんです。『朽ちないサクラ』は、僕がやりたかった方向性と重なる作品でした。原作を読ませていただいたときに、ジェットコースターのように進んでいく物語に引き込まれ、ぜひやりたいという気持ちになりました。

――原作は決して短い作品ではないですが、映像化にあたり、何を取捨選択の基準とされましたか。

最初に考えたのは、映像にするならば足す必要があるなということでした。これは原作の良さでもあるん

ですが、文字として書かれていないところに、不穏な空気だったり、匂いだったりという〝見えない恐怖〟がある。ただ、映像でそこを伝えきるのは難しいんです。やはり文字にはない部分を理解したうえで、話を進めていかないと伝わらない。そこをクリアにするために、柚月裕子先生や担当編集者の方に物語の背景や経緯を質問させていただいて、脚本に反映しました。

――ある種、情報整理のようなものでしょうか。

そうですね。ただ、そこも難しいところで。あまりに説明しすぎると観てくださる方は醒めてしまうので、程よいさじ加減は意識しました。あと、原作では富樫の裏の設定がそこまで描かれていないのですが、映画ではひとりの人間として描きたいという思いがあって。それぞれの正義という部分は、映像化の際に膨らませた部分です。ただ、森口泉が親友の津村千佳の死に対して後悔し、それでも立ち上がって親友のために頑張っていくという大筋は、一貫して変わらない。その芯がより太く見えてくれれば、映画として面白くなるだろうなと思いました。

――タイトルでもある〝サクラ〟の映像が、人物の心情や状況、ときには不気味さみたいなものを浮かび上がらせているようにも感じます。

実は、原作には桜の描写があまりないのですが、映画にするにあたっては印象的に魅せたいという思いがありました。泉が事件を追い、核心に迫っていくごとに、桜が満開に向けて咲いていく……。その桜の美しさが公安の怖さや不穏な雰囲気と重なっていくことで、一層、映像としての奥行きを見せられるんじゃないかと考えていました。

――映像という点では、光と影、明と暗などのコントラストも印象的ですが、その辺りも意識されましたか。

サスペンスミステリーであり、そこには表と裏があ

るので、光と影は意識して撮っていたと思います。特に泉の夢の中を描いた場面は、コントラストを大切にしましたね。実は、あのシーンは千佳が発見された川で撮っているんです。異空間として演出したくて、あえて煙を焚いているんですが、動いている煙の浮遊感が泉の気持ちを表しているように見えたら面白いなという思いもありました。

――千佳が発見された川と同じなのですね。一見、セットのように見えました。

むしろ、セットに見えるくらい異空間のようになったら面白いなと思っていたので、良かったです（笑）。実は川の水面に桜の花びらが大量に浮かんでいたため、水が綺麗に見えなくて、花びらを全て掃除して撮影したんですよ。夢の中ではありますが、桜、水、浮遊した煙……と『朽ちないサクラ』における、すべてのテーマが詰まっているシーンなんです。

――今回の撮影は、基本長回しで行われたと伺いました。

僕は毎回、基本的に長回しで撮っているのですが、前後が見えないとお芝居として判断しづらいですし、編集したときにつながりが感じられないことがあるんです。だから、台本に縦線を引いて、〝ここだけ〟とこまかく分けて撮ることが苦手で。ただ、キャストは大変ですよね（笑）。役者さんにしたら、噛む怖さもあるでしょうが、僕としては噛まないことが正義だと思わないでほしいという気持ちなんです。

――長回しをすることで得られる映像効果は何でしょう。

やはり、予期しなかった瞬間に出会えることですね。もちろん、頭の中である程度思い描きながら撮影しているんですが、キャストからそれ以上のものが生まれる瞬間というのがあるんです。それって、狙って撮れるものじゃなくて。僕の中で、長回しは〝回しながら待つ〟ということ。その中で奇跡的な瞬間に立ち会えたときは、やはり気持ちが上がりますし、そういう瞬間を待っている自分もいます。

――今作ではそのような奇跡的な瞬間に出会えましたか。

一つ挙げるなら、泉の表情に迫ったラストカットですね。あのシーンは、最初は実速で徐々にハイスピードになっていくんです。撮影当日は夕暮れが迫っていて、時間との闘いが続くなか、何度か長回ししていたのですが、なかなかこれだというところにたどり着けなかった……。「最後にもう一回だけ撮ろう」と挑戦したところ、本当に杉咲さんのお芝居が素晴らしく、桜の花びらもいい感じで降ってきた。その瞬間、カメラマンがグッと杉咲さんに寄っていったんです。本来、寄るはずじゃなかったカットなんですが、彼女の表情に感じるものがあったんでしょうね。結果、「これがラストカットになるだろう」と思わせてくれる、奇跡的な画が撮れました。撮影から時間が経った今思い返しても、あのシーンは本当に良かったなと感じます。

――キャストの皆さんについてお伺いしたいのですが、監督から見た杉咲さんの魅力とは。

杉咲さんは、ただわかりやすいように演じるというわけではなく、こういうアプローチで見せたいという意志がしっかりとあって、ことこまかに役のことを捉えている方。現場でもたくさんお話ししましたが、彼女の言うことには、本当に説得力があるんですよ。

――二十代半ばで、それだけの言葉や説得力のあるお芝居を提示できるのはすごいですね。

本当に素晴らしいです。実は撮影前の段階から、そのすごさは感じていました。脚本を読んで質問したいことがいろいろとあるとのことだったので、「一度、お会いしませんか？」と脚本家チーム、プロデューサーチーム、そして僕とで集まって、杉咲さんとお話しさせていただいたんですが、そのとき彼女が持ってきた脚本と原作に、山のような付箋が貼ってあったんです。もちろん泉に関する質問もあるのですが、むしろ他の方の役のセリフや行動に対する質問のほうが多かった気がします。それくらい作品全体をことこまかに見て、考えてくれる素晴らしい女優さん。何より「面白いものを作ろう」という思いがひしひしと伝わってきて、クランクイン前からとても頼もしかったです。

――萩原利久さんの魅力はどんなところでしょうか。

お芝居に対してすごく真面目で、とても器用だと感じました。相手が発する言葉に対して、ちゃんとリアクションが取れるというか、一番いい返し方はどういうことかを考えて、毎回変えてくるんです。そこがすごく魅力的だと感じました。

――どこかスモーキーさのある優しい声が、今回の磯川という役に合っているように感じました。

たしかにそうかもしれないですね。それでいて、さわやかさもあって。あと、利久くんはいい意味で少年っぽさを持った人だとも思います。スタッフからすごく好かれていて、みんなの癒し的存在でした。子どもを守ってあげたいみたいな気持ちになるのかな（笑）。不思議なオーラを放っているんです。

――安田顕さん、豊原功補さんのお芝居や現場での様子で印象に残っていることはありますか。

安田さんは本を読み込んで、しっかり富樫像を作ってきてくださいました。特に僕も杉咲さんも驚いたのが、浅羽の名前が出たときに会議室で涙を流すシーン。もともと泣くシーンではなかったのですが、ご自身の中に描いていたものがあったんだと思います。その富樫の涙がミスリードとして映れば、エンタメとしても面白いと思い、採用させていただきました。他にも本番で予期せぬ面白さを与えてくれました。

それから、陰と陽の使い分けが本当に素晴らしい。泉が「本当に古巣なんですか？」と言った直後、安田さんが泉を鋭く見るんですが、その瞬間に陰が出てくるのがたまらなく好きで。しびれる芝居をしてくれる方だなと感じます。

豊原さんは最初少し怖いイメージもあったのですが

まったくそんなことはなく（笑）、むしろとても優しい方です。実は梶山については、あまり具体的な話はしなかったんです。というのは、本当に豊原さんのままでやって欲しいという思いがあったから。梶山の行動で物語が動くことが結構あって、ある意味、ＭＣのような立ち位置だと思うんです。それをすごく楽しんでやってくださっていたのが印象に残っていますね。

――今作は監督にとって長編映画二作目となります。どんなところに長編の面白さを感じられますか。

二時間の作品の中で、最初の一時間がすごく大切な時間であり、勝負でもある。お客さんを置いていかず、いかに飽きさせないで、その後を期待させられるか。まずは、そこを考える面白さがあります。また映画館という空間を演出できることも、長編映画の魅力であると思います。大きなスクリーンがあって、何十個ものスピーカーがあって、映画館でしか味わえない体験がある。ぜひ、そんな空間で、決して力を入れず、この作品を楽しんでいただければうれしいですね。

重厚なサスペンスミステリーと思われる方が多いかもしれませんが、僕としてはエンターテインメントを作ったつもりです。〝この後どうなるんだろうか〟と、ハラハラドキドキを味わっていただければ本望です。

『朽ちないサクラ』

キャスト

杉咲 花

萩原利久　森田 想　坂東巳之助

駿河太郎　遠藤雄弥　和田聰宏　藤田朋子

豊原功補

安田 顕

原作：柚月裕子「朽ちないサクラ」（徳間文庫）

監督：原 廣利

脚本：我人祥太　山田能龍

音楽：森 優太

エグゼクティブプロデューサー：後藤 哲

プロデューサー：遠藤里紗　宮川宗生

撮影：橋本篤志　照明：打矢祐規　美術：我妻弘之　装飾：大和昌樹　録音：小松崎永行

スタイリスト：古舘謙介　スタイリスト(杉咲花)：渡辺彩乃

ヘアメイク：田中美希　ヘアメイク(杉咲花)：須田理恵

編集：鈴木 翔　原 廣利　リレコーディングミキサー：野村みき　サウンドエディター：大保達哉

助監督：逢坂 元　制作担当：緒方裕士　宣伝プロデューサー：小嶋恵理

製作幹事：カルチュア・エンタテインメント

配給：カルチュア・パブリッシャーズ

制作プロダクション：ホリプロ

製作：映画「朽ちないサクラ」製作委員会
（カルチュア・エンタテインメント、U-NEXT、TCエンタテインメント、徳間書店、ホリプロ、ムービック、nullus）

2024年/日本/カラー/ビスタ/5.1ch/119 分

公式サイト/culture-pub.jp/kuchinaisakura_movie
X/ Instagram　@kuchinai_sakura

6月21日（金）TOHOシネマズ日比谷他全国公開！

朽ちないサクラ
SAKURA

取材・文
宮浦彰子(p.22〜27、p.165〜171)
SYO(p.16〜21)

撮影
吉成大介(p.16〜27)
松山勇樹(p.165〜171)

写真提供
「朽ちないサクラ」製作委員会
撮影:市川唯人

ブックデザイン
弾デザイン事務所

朽《く》ちないサクラ
公式《こうしき》シナリオブック

2024年6月30日　第1刷

脚　本　　我人祥太
　　　　　山田能龍
原　作　　柚月裕子
発行者　　小宮英行
発行所　　株式会社徳間書店
〒141-8202　東京都品川区上大崎3-1-1　目黒セントラルスクエア
電話　編集 03-5403-4349
　　　販売 049-293-5521
振替 00140-0-44392

本文印刷　　真生印刷株式会社　本郷印刷株式会社
カバー印刷　真生印刷株式会社
製本所　　　東京美術紙工協業組合

ISBN 978-4-19-865842-7